그렇게 말해줘서 고마워

그렇게 말해줘서 고마워

나를 지키고 관계를 지키는 일상의 단단한 언어들

김유진 지음

FIKA

좋은 대화와 말들이 쌓여야
삶이 단단해진다

좀 부끄러운 이야기를 해야겠다. 하루는 퇴근길에 어머니
와 통화를 하는데 그날따라 어머니의 서두가 길어도 너무
긴 거다. 세상에서 가장 아름다운 모녀라고는 할 수 없어
도 이야기 상대로는 꽤 괜찮은 사이인데, 어머니의 긴 이
야기에 나는 그만 이렇게 대꾸해버렸다.

"엄마, 엄마! 요점만 좀 말해주면 안 될까?"

나는 그 말을 해놓고 뜨끔해서, 어머니는 딸의 볼멘소

리에 기가 막혀서 입을 다물었고, 우리 둘 사이에는 잠시 침묵이 흘렀다. 언제나 그렇듯 어머니의 넓은 아량으로 어색한 분위기는 넘겼지만 나는 내내 죄송한 마음이 들었다. 어쩌다 한 번 통화를 하는 주제에 어머니의 시시콜콜한 이야기도 받아주지 못하는 나의 모습이 실망스러웠다. 박준 시인이 어느 인터뷰에서 한 말은 그런 나의 마음을 더 찔리게 만들었다.

> "논리도 없고 정말 그냥 하는 말들, 아무런 효용 없는 말들이 사람의 관계와 정서를 돈독하게 만들어요."
>
> ─《시사저널》 2020년 3월 21일

그의 인터뷰 기사를 읽으면서 얼마 전에 만난 오선화 작가의 말도 생각이 났다. 그는 청소년과 부모들을 대상으로 글을 쓰고, 학교나 도서관에서 강의하는 작가 겸 청소년 활동가이다. 그의 주변에는 늘 청소년들이 북적인다. 한때는 위기에 처한 아이들의 연락을 받지 못할까 봐

새벽에 잠도 제대로 자지 못하고 휴대전화는 늘 켜놓았다고. 그는 위탁 시설이나 소년원을 찾아가 아이들을 만나기도 한다. 그런데 그런 시설에 다녀오면 아이들과 무슨 얘기를 했냐고 물어보는 어른들이 유독 많다고 한다.

> "애들과 무슨 이야기를 하느냐고 물어보는 분들이 많은데요, 정말 별 얘기 안 하거든요. 그냥 수다 떠는 거예요. 아침에 일어난 얘기, 뭐 먹은 얘기, 어디 갔다 온 얘기…… 들어보면 다 쓸데없는 얘기들이에요. 그런데 그거 아세요? 그 애들한테는 그 쓸데없는 이야기를 들어주는 사람이 없어요. 사람한테 정말 필요한 건데."

두 작가의 말에 가슴이 찡해져, 나는 스스로에게 물었다.
나는 '아무런 효용 없는 말'을 하면서 살고 있을까?
나는 남의 '쓸데없는 말'을 잘 들어주고 있을까?
애당초 쓸데없는 말을 하거나 그런 말을 들어줄 여유가 나에게 있기는 한 것일까?

어떤 기준을 넘지 못하는 말은 모두 의미 없는 것으로 치부되거나 '말도 안 되는 말'로 버려지기 십상이다. 혹시 말로 상처를 받는 이유가 이런 말들을 못 하고 살아서 그런 건 아닐까? 두 작가의 말처럼 때로는 쓸데없는 말을 하는 것이, 또 그런 말을 들어주는 누군가의 존재가 삶에 큰 위로가 되기도 하는데 말이다.

우리는 남들 앞에서 꼭 유용한 말을 내놓아야 한다는 압박감을 갖고 있다. 멋있고 그럴듯한 말을 해야 인정받을 수 있다는 불안감, 남들보다 앞서고 싶은 경쟁심과 조금 더 나를 내세우고 싶은 욕망에도 시달리고 있다. 그런데 그런 것들 때문에 마음에 상처를 받는다. 한마디로 쓸데없는 말과 유용한 말 사이에서 이중고를 겪고 있다.

세상에는 겉과 속이 같은 말만 존재하지 않는다. 말끔하게 딱 떨어지는 말 이면에도 막말이 숨어 있고, 치장할 줄 몰라 두서없어도 진심이 담긴 말도 있다. 좋은 말도, 막말도 언제나 우리 뒤에 있다는 뜻이다. 쓸데없는 말도, 쓸데 있는 말도 그러하다. 그 갖가지 말로부터 나를 지키는 방법은 무엇일까?

아이큐 244에, 세계 천재 인명사전 4위에 오른 조상현 씨는 두뇌 훈련법을 이용해 뇌를 늘 단련해야 한다고 강조한다. 사람에게는 감당할 수 있는 본인만의 스트레스 역치 값이 있는데, 평소에 두뇌 훈련을 해야 건강한 스트레스가 의도적으로 주입되고 그에 따라 역치 값도 올라간다는 것이다. 평소에 두뇌를 많이 쓰는 스트레스에 노출시켜야 그것을 견디는 힘이 커져서 그 이상의 것에도 적응할 수 있다는 말일 것이다.

말로 나를 지키는 방법도 이와 같지 않을까? 사람들의 말 한 마디 한 마디에 상처를 받고 예민하게 반응한다는 것은 분명 내 말과 마음이 약해져 있다는 뜻이다. 그럴수록 좋은 말에, 때로는 상처가 되는 말에도 기꺼이 나를 노출시켜야 한다. 그러기 위해서는 '대화'를 해야 한다.

이 책에는 대화를 나누는 여러 가지 방법, 특히 말로 나를 돌보면서 관계에도 도움이 될 수 있도록 내가 경험한 에피소드를 함께 담았다. 말은 좋은 것이다. 가끔은 상처가 되기도 하지만, 말의 상처에만 무게를 두고 산다면 진짜 좋은 것을 놓치게 된다.

《빨간 머리 앤》의 주인공 앤 셜리는 태어나 한 번도 '상상'이란 걸 해본 적 없다는 마릴라 아주머니에게 이렇게 충고한다.

"얼마나 많은 걸 놓치고 사신 거예요!"

부디 여러분은 말로부터 아무것도 놓치지 않기를 바란다.

— 김유진

차례

1장

어떻게 나한테
그렇게 말할 수 있지?

，

말은 혼자 오지 않는다

• • •

•

시인 샘 레븐슨이 쓴 〈시간이 일러주는 아름다움의 비결[Time Tested Beauty Tips]〉이라는 시가 있다. 거기에 이런 구절이 나온다.

아름다운 자세를 갖고 싶다면, 절대 혼자 걷는다
고 생각하지 말고 가라.

아름다운 자세로 해석된 'poise'에는 침착, 균형, 우아함, 위엄, 자기통제라는 뜻이 있다. 삶을 살면서 '보다 나은 태도(자세)'를 갖고 싶다면 사람들과 '함께 가고' 있음을 기억하라는 의미인 듯하다.

'말'은 어떤가. 말이 침착하고 우아하려면, 또 위엄과 균형감을 갖추려면 어떤 자세가 필요할까? 역시 '사람들과 함께'라는 점을 잊지 말아야 한다. 말은 혼자가 아니다. 사람들과 늘 함께하기에 감동을 받기도 하고 상처를 받기도 한다.

너무 좋아서 어쩔 줄 모르는 말, 너무 아파서 마음에 오래 남는 말이 있다. 순간순간 힘이 되는 말도 있지만, 때로 자존감을 깎아먹는 말도 있다. 어떤 말은 들으면 눈물이 나고, 어떤 말은 귓등으로 흘려버리기도 한다. 오랫동안 곱씹어서 더 좋은 모양이 되기도 하고, 만신창이가 되어 평생 나를 따라다니며 괴롭히기도 한다. 지금 우리가 지니고 있는 말은 어떤 모습일까?

첫사랑을 겨우 떠나보내고 드디어 연애다운 연애를 하게 된 20대 중반의 일이다. 지지부진한 첫사랑은 사랑이 아니었다고 생각될 만큼 한창 즐겁고 행복한 연애 중이었다. 그런데 1년이 지났을 무렵 그 사람과 헤어지게 되었고, 이별을 말한 날부터 나는 진상 교과서를 쓸 수 있을 정도로 아주 가관이 되었다. 아, 질척거림의 끝은 어디인가. 나는 세상 슬픈 얼굴로 몇 달째 정신을 차리지 못했다.

누가 건들기만 해도 눈물이 핑 돌던 때, 예비 논문의 목차를 들고 간 나에게 지도 교수가 말했다.

"너는 돈 버는 게 그렇게 중요해?"

다른 학생들은 교수와 몇 번씩 만나 조율하며 논문을 쓰는데, 혼자 목차를 만들고 논문도 중간까지 써버렸으니 교수 입장에서 황당한 게 당연했다. 죄송하다 거듭 말하고 방을 나와서 나는 또 눈물 바람이었다. 교수의 말은 사실이었다. 나는 학교에 다니며 일주일에 두세 개씩 아르바이트를 하고 있었다. 학자금 대출을 갚고 월세를 내고 생활비를 버는 게 더 중요했다. 그런데 설상가상 애인과 헤어졌고 돈은 또 모자랐고 아르바이트는 가야 했다. 논문도 써야 하는 상황이었다. "돈 버는 게 그렇게 중요해?"라는 말은 이 모든 상황들과 맞물려 상처가 되었다.

그 일이 있고 며칠 뒤, 지리도 잘 모르는 동생이 서울에 오겠다고 했다. 아마도 내 상태가 별로 좋지 않다는 것을 눈치챈 듯했다. 동생이 낯선 서울 거리를 한 시간 넘게 헤맨 탓에 우리는 늦게서야 겨우 만났고 금세 헤어질 시간이 되었다. 그런데 동생이 쭈뼛거리며 문화상품권이 담긴 봉투를 내밀었다.

"이걸로 책 사. 언니는 책 보면 행복하잖아."

눈물이 핑 돌았다. 동생의 말은 당시 어느 누구의 말보다 큰 위로가 되었다.

나에게 평생 잊지 못할 말을 꼽으라면 그건 교수와 동생의 말이다. 더 많은 말들이 있지만, 가장 가난하고 힘들었던 시절, 마음이 불안하고 갈피를 잡지 못해 걸핏하면 울고 마음을 다쳤던 때에 들은 말이기 때문일 거다.

말은 두 가지 운명을 타고난다. 첫째, 말은 혼자가 아니

“

말 뒤에는 그 말을 한 사람이 있다.

”

다. 말 뒤에는 그 말을 한 사람이 있다. 그리고 상황, 그 상황에 놓인 내가 있다. 이것이 말의 첫 번째 운명인 '관계'이다. 그 관계 안에서 상처를 주고 위로도 주는 것이 말의 운명이다. 둘째, 말은 바뀌는 운명을 지녔다. 말은 영원불변한 것이 아니다. 말에 어떤 프레임을 씌우느냐는 내게 달려 있다. "돈 버는 게 그렇게 중요해?"라고 물었던 교수는 얼마 뒤 여전히 퉁명스러운 목소리로 말했다.

"그나마 이 정도 썼으니까 넘어가는 거야."

나는 '이 정도'라는 말이 고맙게 느껴졌다.

말의 상처는 필연이며, 위로의 말은 선택이다. 이쯤에서 샘 레븐슨의 시를 조금 바꿔서 읽어보는 것도 괜찮을 것 같다.

혼자 말한다고 생각하면 상처가 될지도 몰라.
위로받고 싶다면, 너 혼자가 아니라고 생각해.

나는 이런 말을 들으면
힘들어하는구나

심리 치료를 하는 분과 식사를 한 적이 있다. 개인적인 대화를 나눈 적이 거의 없는 관계인데 그날따라 서로의 이야기를 터놓게 되었다. 상담 전문가인 그녀를 따라가다 보니 어느새 내가 상담을 받고 있는 모양새가 되었다. 세 시간쯤 흘렀을 때, 그분은 내 안에 어린 시절에 받은 상처가 남아 있는 것 같다고 했다. 나의 말이나 행동에서 나타나는 몇몇 특징이 그 상처에서 비롯된 불안으로 보인다면

서. 불안은 좀 깊은 편이지만 그럼에도 그것을 꽤 좋은 방향으로 잘 쓰고 있다고 담담하게 말해주었다.

나는 그날 친구에게 메시지를 보냈다.

> 나 오늘 우연히 상담을 받았는데 너무 좋았어. 어린아이 때 상처가 어른까지 간다는 증거, 나로 확인함.

친구가 보내온 답은 한 줄이었다. 평소와 다른 반응이기도 했다.

> 더 갈 수도.

그 메시지를 보고 나는 하마터면 상처를 받을 뻔했다. 나에게 상처를 줄 생각이 없다는 것을 알면서도 친구의 메시지를 한참 동안 들여다보았다. 그 말이 나의 아픈 구석을 건드렸기 때문이다. 이렇듯 상대가 나에게 상처를 줄 의도가 전혀 없음을 알면서도 받게 되는 것이 '상처'이

다. 그런데 정작 대놓고 상처를 주는 말에는 상처를 받지
않기도 한다.

그럼 무엇이 상처가 되고, 무엇이 상처가 되지 않을까?
작가 마크 트웨인은 말했다.

"인간은 달과 같아서 어느 누구에게도 보이지 않
는 어두운 면이 있다."

어떤 사람은 자신의 어두운 면을 붙들고 글을 쓰거나
그림을 그린다. 자신을 살게 하는 원동력으로 삼기도 한
다. 반면에 그것 때문에 자기 자신과 다른 사람을 괴롭히
며 평생 불행과 등을 맞대고 살아가기도 한다. 내면의 어
둠을 대면하지 못한 채 그저 견디기만 하는 이도 있다. 문
제는 그 어두운 면이 다른 사람의 말에 자극받아 상처가
된다는 점이다.

그런데 상처를 '주는 사람'은 세상 어디에도 없다. 아무
도 자신이 상대에게 상처를 주었다고 생각하지 않기 때문
이다. 데일 카네기는 《인간관계론》에서 범죄를 저지르고

도 스스로를 옹호하고 억울해하는 것이 인간의 본성이라고 했다. 남에게 상처를 주려는 의도는 없는데 단지 스스로를 지키려다 보니 그렇게 되고 만 것이다.

물론 상처를 받는 원인은 나 자신이 아니다. 눈치 없고 배려도 없으며, 무심하고 자기밖에 모르는 상대방이 문제이다. 그러나 그것은 인간의 본성이다. 우리는 서로의 본성을 고치려다가 갈등을 만들곤 한다. 그런데 상대방의 본성을 변화시키는 게 가능한 일이긴 할까?

나는 나를 좌지우지하려는 타인의 말에 무척 취약하다. 남의 비난이나 칭찬에도 약하고 신경을 많이 쓰는 편이다. 그럴 때 나 스스로에게 하는 말이 있다.

'아, 나 이런 말에 힘들어하지.'

나의 어두운 면을 인지하는 것이다. 내 탓으로 돌리라는 게 아니다. 상대의 문제점과 잘못은 거기 그대로 두고, 잠깐 동안 나를 위한 의식을 치르는 것이다. 그런 뒤에 상대를 대하면 화가 얼마쯤 가라앉고 조금 누그러진 말로 내 생각이나 감정을 전할 수 있다. 적어도 내 안에 쌓여 있던 상처가 줄줄이 소환되어 감정싸움에 휘말릴 일은 없게 된다.

주변 사람들을 떠올려보자. 자신의 어두운 면을 잘 관리하면서 사는 사람과 상처를 계속 드러내며 사는 사람을 어렵지 않게 구분할 수 있을 것이다. 사람들에게 인기 있고 존경받는 사람들은 상처가 없는 사람이 아니다. 자신의 상처를 잘 보살피고 그것을 품위 있게 드러내는 사람이다. 내게 상처를 준 사람들에게 일일이 가시를 드러내면 그들의 좋은 면을 알아보는 감각이 무뎌진다. 결국 그 가시를 다 드러내고 살면 초라한 인간관계만 남을 것이다.

누구나 '보이지 않는 어두운 면'을 갖고 있다. 그래서 상처를 받지 않고 사는 것은 불가능한 일이다. 하지만 자신이 무엇에 가장 힘들어하는지, 또는 어떤 말이나 행동에 유난히 예민한지를 '스스로 아는 것'만으로도 상처를 덜어낼 수 있다. 그것이 나의 상처로 인해 다른 사람이나 자신을 괴롭히는 것보다 '조금 나은' 선택이다.

타로나 사주를 보러 가는
진짜 이유

얼마 전 친구가 사주를 보고 온 이야기를 해주었다. 웬만한 일에는 배포 있게 넘어가는 친구인데, 최근 힘든 일들이 겹친 데다 안 좋은 말까지 들어 상심이 큰 것 같았다.

"내 사주에 부모가 없대. 부모 복이 없다는 거지. 그것뿐이 아니야. 사주를 다 듣고 그 사람한테 '그럼 저는 좋은 게 없네요?' 했더니 말없이 고개를 끄덕이는 거야."

본인에 대한 '어떤 말'을 듣고 그것에서 자유로울 수 있는 사람은 없다. 그 내용이 좋든 나쁘든 인간은 다른 사람이 하는 말에 약해지고 동요하며 흔들린다. 누군가의 비난이나 칭찬에도 한없이 약해지는 우리인데, 좋지 않은 상황에서 들은 사주 풀이에 일희일비하는 것은 당연하다. 그런데 우리는 왜 사주나 타로가 하는 말에 매달리는 것일까?

혹 '나'를 말하고, '나'에 대해 듣고 싶은 마음에서 비롯된 것은 아닐까? 사람은 누구나 자기 자신에 대해 말하고, 또 듣고 싶어 한다. 그런데 온전히 자신만을 말하고 들을 수 있는 기회가 얼마나 될까? 생각해보면 어른이 되어갈수록 그 기회는 점점 줄어든다. 주인공이 되는 순간보다는 역할의 가짓수만 늘어나는 단역의 삶이 시작된다. 그래서 오로지 나를 향한 관심과 위로의 말에 조금쯤 목말라 있다. 자신에 대해 말해주는 점집을 찾아가고 강연이나 상담의 말로 치유받고 싶은 마음, 하다못해 온라인용 심리 테스트를 하는 것도 주인공이 되고 싶은 마음이다. 타인의 입을 통해 '나를 듣는' 경험을 원하는 것이다.

서울 광화문 광장에서 주말마다 '가훈 써주기' 무료 행사가 열렸다. 지금도 하고 있는지는 모르지만, 갈 때마다 글씨를 받으려는 사람들이 긴 줄을 이루고 있었다. 남녀노소 할 것 없이 자신이 좋아하는 말, 다짐의 말, 좋은 명언을 받으려고 서 있는 모습을 볼 때마다 나는 '좋은 말'을 소유하고 싶은 사람들의 심리가 흥미로운 한편으로 인간에 대한 연민이랄지 애처로움도 함께 느꼈다. 그것은 '좋은 말'을 곁에 두고 그렇게 살아보고 싶은 소망이었다. 위로와 치유의 말들이 하루하루 힘들고 고된 삶에 버팀목이 되어주기를 바라는 마음이었다.

그렇지만 사주의 말, 강연이나 상담의 말, 명언 등은 내가 적극적으로 참여할 수 없는 일방통행적인 말이다. 어떤 이론이나 개념, 또는 다른 사람의 경험에서 나와 응축된 말이 삶에 도움이 되는 것은 맞지만, 내 인생에 깊이 들여오기 위해서는 내가 그 말에 참여해야 한다. 이것은 일방적이고 일시적인 '좋은 말'이 아닌 상호 보완적이고 지속적인 '대화'여야만 가능한 일이다. 우리는 좋은 말이 아니라 타인의 관심과 우정으로 살아갈 용기를 얻기 때문이다.

우리는 대화를 나눌 때 무엇을 원할까? 거기에는 복잡한 욕망이 얽혀 있다. 나와 나의 생각을 말로써 표현하고, 그것을 다른 사람의 입을 통해 듣고 싶은 마음, 어떤 것에 대한 다른 사람의 생각을 알고 싶은 욕망이 있다. 이것이 전부는 아니다. 나와 다른 사람의 말이 뒤섞이는 희열을 맛보고 싶은 마음, 서로 통했다는 안도감, 혹은 다름에서 오는 재미와 호기심, 말이 오가는 중에 느껴지는 깊은 우정과 위로도 원한다.

그래서 남의 말에 마음을 다치고 아파하면서도 여러 방법으로 대화를 시도하는 것이다. 대화를 통하지 않고서는 도저히 맛볼 수 없다는 것을 우리는 알고 있다. 건축가 유현준은 한 강의에서 이렇게 말했다.

"저는 어떤 사회가 얼마나 건전한지를 뭘 보고 판

우리는 대화하여 때로는 위로받고 때로는 상처받는다.

단을 내리냐면 단위면적당 벤치의 숫자가 몇 개냐, 이걸로 봐요. 뉴욕 맨해튼의 브로드웨이에 950미터 구간에는 벤치가 170개 있고요. 같은 길이의 서울 신사동 가로수길에는 세 개밖에 없어요. 어디 앉아서 얘기할 장소가 없기 때문에 사람들이 앉아서 얘기하려면 돈을 내고 들어가잖아요. 그러니까 길거리에 그렇게 카페가 많은 거예요."

사람과 사람이 만나서 직접 대화하는 모습은 가정 안에서도, 인간관계에서도, 비즈니스에서도 낯선 풍경이 되어버렸다. 오랫동안 '대화'의 상징적 공간이었던 카페조차도 혼자서 일하고 생각하고 쉬는 곳으로 변하여 대화를 하기에도 조심스러운 '나 홀로 공간'이 되었다. 직접 만나 이야기를 나누기에 세상은 너무 빨리 돌아가고, 모든 일은 '만나지 않아도' 순조롭게 처리된다. 하지만 순조롭게 처리되는 것처럼 보일 뿐, 우리는 여전히 대화를 원하고 있다.

대화와 멀어진 우리는 '운명의 말'에 쉽게 의존하고 만다. 언제든 대화할 수 있는 가까운 사람보다는 대화가 불가능한 스타나 유명인의 말을 더 믿고 따른다. 대화를 해보지 못해서 좋은 말과 나쁜 말을 구분하지 못하게 되었고, 대화의 양이 확보되지 않아 덩달아 질도 낮아졌다. 이 모든 이유 때문에 우리는 대화하며 상처를 받는다.

우리는 대화를 잃은 채 엄청난 양의 말이 주입되는 피로 속에서 살고 있다. 대화하며 상처를 피할 수 없다는 것을 알기에 차라리 나와 상관없는 사람들의 말에 위로와 치유를 받는 손쉬운 방법을 택하고 만다.

지금부터 대화를 많이 하자는 독려로 이 글을 마치는 것은 무리이다. 세상 사람들은 이미 대화 없이 굴러가는 시스템에 길들여져 있다. 그러다 보니 주어진 말, 정해진 말, 소화가 다 되어 알맹이만 남은 말, 남으로부터 주입된 말에 더 매달릴 수밖에 없다. 하지만 말의 홍수 속에서 본인의 말을 잃은 지금도 여전히 우리는 대화의 희열을 원하고 있다.

대화가 인간에게 주는 선물은 만만하게 받을 수 있는

성격의 것이 아니다. 대화에서는 말이 오가며 뜻이 움직이고 변화되고 확장된다. 바다에서 갓 건져낸 팔딱이는 물고기처럼, 아침 이슬을 가득 머금은 작은 꽃잎처럼 건강한 '살아 있음'과 '주체성'을 띤다. 내가 말하고 상대가 듣고, 그것을 상대의 입으로 확인하고 다시 상대의 생각을 듣는 순환의 과정에 참여할 때 대화가 주는 선물을 받을 수 있을 것이다.

하고 싶은 말을
다 못 하고 산다는 생각

나는 어릴 때부터 말을 더듬었다. 어른이 되고 조금 나아졌지만 지금도 역시 더듬는다. 정식으로 검사를 하거나 치료를 받은 적이 없어서 정확한 원인은 모르지만, 몇몇 자료를 읽어본 바로는 유전일 확률이 높다. 친가에서 나와 아버지, 사촌 동생이 모두 비슷한 증세를 보이니 유전이 맞을 거다.

나는 초등학교 고학년 때쯤 내가 말을 더듬고 있다는 것을 인지했는데, 부모님이 그것을 꾸짖거나 걱정한 적은 없었다. 알고 있었지만 부러 모른 척했거나 '크면 나아지겠지⋯⋯' 생각한 것 같다. 그렇지만 나에게는 엄청난 콤플렉스였다. 우선 수업 시간에 일어서서 책을 읽는 것이 아주 고역이었다. 덜덜 떨며 떠듬떠듬하는 것을 선생님과 친구들은 묵묵히 들어주었고 놀리는 애들도 없었다. 그러나 소리 내어 책을 읽을 때마다 교실을 가득 채우는 그 적막이 두려웠다. 책을 읽는 동안 가슴이 죄어오고, 속에서 뜨거운 게 올라와 몸살에 걸린 것처럼 머리도 지끈거렸다.

그때부터였을까. 나는 내가 '하고 싶은 말'을 다 못 하고 산다고 생각했다. 하교 후 집으로 돌아와 하지 못한 말을 수십 번 되뇌면서 그런 생각을 했던 것 같다. 말 잘하는 친구 앞에서 버벅대다가 KO패를 당할 때도, 발표하거나 책을 읽으며 더듬거린 날 하루 종일 우울했을 때도 그랬다. 그렇게 고등학교를 졸업할 때까지 콤플렉스를 껴안고 살았다.

대학교 1학년 때 입시 학원에서 아르바이트를 했는데,

거기서 언니 한 명을 알게 되었다. 생애 첫 아르바이트에서 만난 첫 번째 사수라고 해야 하나. 나는 언니와 함께 시험지를 복사하거나 교재실에서 문제집을 나눠주는 일을 했다. 하루는 언니가 나에게 작정한 듯 심각한 표정으로 말했다.

"나도 너처럼 말을 더듬었어. 그런데 죽도록 노력해서 고쳤다. 봐봐. 지금은 정상이잖아. 너 그거 되게 심각한 거야. 꼭 고쳐야 해. 알았지?"

언니는 말더듬증이 사회생활에 얼마나 장애가 되는지, 자신이 어떤 계기로 그것을 고쳤는지 그 과정과 노하우를 아낌없이 쏟아내기 시작했다. 한 번도 고칠 생각을 해보지 않았다는 나를 무척 답답해하면서. 하지만 나는 언니의 당부를 듣지 않았다. 전수해준 노하우도 따라 하지 않았다. 어린 시절부터 적잖이 스트레스를 받았고, 동병상련인 사람이 조목조목 방법을 가르쳐주는데도 이상하게 마음이 움직이지 않았다.

나는 내 방식에 익숙해졌던 것 같다. 고치려고 노력하기보다는 그냥 같이 사는 길을 택했다. '말'을 해야 할 때는 일부러 피하지 않았다. 다른 일보다 돈을 더 많이 벌수 있다는 이유로 학원 강사 아르바이트를 한 것도, 사회 초년생 때 발표할 일이 생기면 약을 먹고 한 것도 나름의 대처 방식이었다. 나는 여전히 말을 더듬었고, 갑자기 말을 멈췄다가 간신히 이어가는 일이 잦았다. 가슴이 죄어오고 식은땀도 흘렸다. '말 더듬는 버릇이 사라졌다'라는 언니의 해피 엔딩은 내 인생에 찾아오지 않았다. 해피 엔딩 대신에 나는 나와 이상한 타협을 했다.

'했어야 하는 말도 있고 하지 말아야 하는 말도 있어. 말을 더듬어서 하고 싶은 말은 다 못 했지만, 반대로 하지 말아야 하는 말도 막을 수 있었지. 급하고 불같은 성격인데 거기다 말까지 안 더듬었으면 어쩔 뻔했어.'

'여우의 신 포도' 같은 생각인 줄은 알았지만, 나는 그렇게 '나의 말'을 그냥 받아들이기로 했다. 더듬지 않고 하고 싶은 말을 다 했다면 사람들과 말로 상처를 더 많이 주고받았을지도 모른다고.

하지 못한 말과 하지 말았어야 하는 말은 누구에게나 있다. 그것 때문에 당신의 마음에 오래된 상처가 남아 있을지도 모른다. 그럴 때는 어느 말더듬이처럼, 스스로를 이렇게 위로해주면 어떨까.

그때 그 말을 하지 않아서 마음을 다치지 않았다고.

그때 그 말을 해서 정말 다행이라고.

억울하면 지는 거다

,

...

.

지인 중에 논리적이지만 따지는 것 같지는 않고, 무뚝뚝
한데 포용력이 넓은 듯 느껴지는 사람이 있다. 나는 궁금
해서 물어보았다.

"그런 포용력은 어디에서 배우시는 거예요? 비결 좀 알
려주시죠."

한참을 머뭇거리던 그는 뜻밖의 비결을 내놓았다.

"저는 과학을 좋아해요. 과학을 공부하면 할수록 인간

이 아는 건 일부이고, 말로 설명할 수 없는 게 훨씬 더 많다는 걸 알게 되더라고요. 아는 것보다 모르는 게 많다는 것도요. 그런 눈으로 사람들을 바라보니 제가 함부로 판단할 수 있는 게 하나도 없더군요."

남을 너그럽게 감싸고 받아들이는 힘의 원천이 '과학 공부'였다니…… 세상에는 말로 설명할 수 없는 게 더 많으니 사람의 마음도 그렇지 않겠느냐는 말이었다. 하지만 우리는 말로 설명할 수 없는 것들 때문에 억울함을 느끼고 남을 탓하기도 한다.

나만 손해 본 것 같은 억울한 마음이 들 때가 있다. 그럴 때 내 마음을 잘 들여다보면, 평소와는 다른 '고리'들이 내 안에서 연결되고 있음을 알 수 있다. 전혀 상관없는 일들이 마음속에서 얽히고설켜 내 억울함을 한껏 부채질한다. 이것이 걷잡을 수 없는 감정에 휩싸여 무논리로 빠지게 되는 과정이다. 그때부터는 마음을 컨트롤하기가 더 어려워진다. 그럴 때 필요한 것이 국어 공부다. 웬 국어 공부냐고?

나는 20대 때 얼떨결에 시작한 자원봉사를 지금껏 하고 있는데, 그건 바로 검정고시용 국어를 가르치는 일이다. 내가 만나는 사람들은 공부 시기를 놓친 성인들, 학교에 적응하지 못해 홈스쿨링을 하거나 잘못을 저질러 벌을 받고 있는 청소년들, 부모의 지원을 충분히 받지 못하는 아이들이 대부분이다. 그중에는 고등학생 나이인데 초등학생 수준의 문해력을 지닌 청소년도 있고, 안내문이나 공고문 같은 글을 읽고도 이해하지 못하는 성인들도 있다.

몇 해 동안 그들과 함께 공부하면서 알게 된 것이 한 가지 있다. 나는 그것을 수업 첫 시간에 말한다.

"국어 공부는 왜 해야 할까요? 살아가면서 힘들고 어려운 일들이 종종 생기는데요, 억울하고 답답할 때마다 화를 내고 싸울 수는 없잖아요. 그럴 때 국어가 필요해요. 억울하지 않게 자기 생각을 잘 말하고 다른 사람이 무슨 말을 하는지 알아들어야 하니까요. 저도 그런 이유로 국어를 공부합니다."

빈번히 일어나는 인간관계 문제에 "나 진짜 억울해"라

고 습관처럼 말하는 사람들이 있다. 늘 자신만 손해를 보는 것처럼 생각하는 것이다. 그들의 공통점은 이것저것을 자기 방식대로 연결시켜서 억울함을 느낀다는 것이다. 아이러니한 것은 억울한 감정에 빠지는 것이 타인과의 갈등을 손쉽고 간편하게 처리하는 방식이 된다는 점이다.

마음속 엇나간 회로들을 정리하기 위해서는 자기만의 국어 공부를 찾아야 한다. 책을 읽거나 조용히 생각하는 시간을 갖는 것, 다른 사람의 이야기를 듣는 것 모두 국어 공부이다. 여행을 떠나 낯선 문화와 언어를 마주하는 것, 다소 이해하기 어려운 철학이나 예술을 접하는 것, 익숙하지 않은 종이 신문을 읽거나 나이 차이가 많이 나는 친구를 사귀는 것도 좋은 방법이다. 앞에서 말한 그 사람처럼 과학을 공부하는 것도 괜찮을 것 같다.

나도 나만의 방법을 갖고 있다. 내 수준에서 이해하기 어려운 책을 골라 매일 조금씩 읽는다. 중고등학교 국어 문제를 풀어보면서 그 속에 있는 논리를 따라가보거나, 위아래로 열 살 이상 차이 나는 사람들과 만나 긴 대화를 나누기도 한다. 이것이 억울함이나 무논리에 빠지지 않기 위한 나만의 국어 공부법이다.

어른이 되어가는 시간은 '소통하는 논리'를 갖추는 과정이다. 원인과 결과를 따지고 잘잘못을 밝히는 논리도 필요하지만, 인간관계에서는 그보다 고차원적인 '논리적인 포용력'이 더 유용할 것 같다. 기나긴 억울함의 역사에 마침표를 찍기 위해서라도 말이다.

2장

내 마음이 내 말을
따라가지 못할 때

,

...

•

내 말이 없으면
남의 기준으로 살게 된다

내가 하는 말은 곧 '나 자신'이다. 나 자신이기도 한 말을
스스로 컨트롤하지 못하는 게 비극의 시작이다. 타인의
말을 판단하는 냉철함의 100분의 1만 발휘해 내 말을 판
단할 수 있다면 말로 상처를 주고받는 일은 훨씬 줄어들
것이다.

　말로 실수하고 상처를 받는 것은 아주 인간적이며 자연
스러운 일이다. 우리가 나누는 대화가 단순히 말과 말의

만남이라면 그런 상처가 생길까? 말이 그저 기호일 뿐이라면 말로 마음을 다치는 일은 애초부터 없을 것이다. 대화는 단순히 말과 말이 오가는 행위가 아니다. 말로 표현될 뿐 속은 전혀 다르다. 말과 말은 입장과 '다른 입장'이, 지식과 '다른 지식'이, 지혜와 '다른 지혜'가 만나는 일이다. 무의식이 무의식을, 역사가 역사를, 환경이 환경을 대하는 일이다. 그리고 경험과 경험이 만나는 행위이다.

30년 전에 가수로 잠깐 활동하다가 언행이 한국 정서와 맞지 않는다는 이유로 비자 갱신을 거부당해 거의 퇴출되다시피 한 재미 교포 출신 가수 양준일 씨의 삶이 최근 이슈로 떠올랐다. 그의 노래와 춤, 무대 매너, 스타일 등을 보면 1990년대 초라고 보기에 시대를 앞서가도 너무 앞서가 있다. 그는 한 방송에서 30년 만에 자신의 노래를 부르고 난 뒤, 앞으로의 계획을 묻는 사회자의 질문에 이렇게 대답했다.

"음, 저는 계획을 안 세워요. 그냥 순간순간 최선을 다해 사는 게 중요하다고 생각해요. 굳이 계획이랄 게 있다면 겸손한 아빠로서 남편으로서 살아가는 거예요."

이 말은 특별한가? '계획을 세우지 않고 하루하루 최선을 다해 사는 것이 중요하다'라는 말은 누구나 할 수 있는 흔한 말이다. 그런데 사람들은 왜 이 말에 감동하고 눈물까지 글썽이는 것일까? 그의 경험들이 그의 말 뒤에서 받쳐주고 있기 때문이다. 한국에서 퇴출된 후에도 가수로서의 삶에 수차례 도전했으나 그때마다 번번이 실패했던 일, 가수라는 꿈을 뒤로한 채 영어 강사나 식당 서빙 일을 하며 생계를 이어갔던 일, 그러면서도 한 가정의 남편이자 아빠로서 자리를 지켰던 모습이 그의 말을 값지게 해주었던 것이다.

비슷한 말을 해도 다르게 들리는 것은 말한 사람의 경험 크기가 다르기 때문이다. 그 경험을 통해 그 사람이 생각하고 고민한 것들, 그 나름의 깨달음과 통찰이 감동으로 다가가는 것이다. 내가 어떤 '말'을 하며 살고 있는지 알고 싶다면 내가 무엇을 하며 살고 있는지 생각해보면 된다. 내 말은 모두 그것들의 결과니까.

나는 어떤 경험을 했지?

나는 어떤 사람을 만났지?

나는 무엇을 보았지?

나는 무엇을 읽었지?

나는 어떤 생각을 했지?

나는 어떤 행동을 했지?

나는 무엇을 고민하며 살지?

이 세상에는 좋은 말들이 차고 넘친다. 인터넷과 모바일로 유통되는 수많은 말들을 수시로 만날 수 있다. 손만 뻗으면 누군가가 쌓아온 지식의 말, 통찰의 말, 위로의 말, 지혜의 말들을 얼마든지 모을 수 있다. 들을 수 있고 메모할 수 있고 저장도 할 수 있다. 돈을 주고 살 수도 있다. 그렇게 수집한 말들을 재가공하여 나의 말로 바꿀 수도 있다. 유튜브에 '자존감'을 검색해보자. 수만 개의 말이 나올 것이다. 그 말들 중에는 자신의 경험과 공부에서 우러난 말이 있고, 다른 사람들의 말을 짜깁기해서 만든 말도 있다. 둘 사이에는 분명 차이가 있다. 그 차이는 평범하지만 특별하게 들렸던 가수 양준일의 말과 그 말이 주는 감동에서 확인할 수 있다.

법륜 스님은 "남의 지혜를 모은 것은 지식이지 지혜가 아니다"라고 말했다. 우리는 평소에 자신의 경험과 그로부터 깨달은 작은 지혜를 가지고 말을 할까, 아니면 다른 사람들의 지식과 지혜를 모방하여 말을 할까? 고백하건대 나는 후자의 사람이다. 경험하고 생각하는 것이 부족해서일까? 그보다는 나의 경험이나 통찰보다 다른 사람의 말이 더 멋있고 깊어 보이기 때문이다.

사람들은 자신의 경험이나 통찰에서 나온 '나의 말'보다는 유명한 말, 검증된 말, 쓰인 말, 인정받는 말을 더 선호한다. 그렇게 자신의 말을 잃어버린 채 '주워들은 말'을 가지고 살아간다. '나의 말'을 잃은 채 살다 보면, 나 자신보다는 다른 사람을 기준으로 살게 된다. 나의 것이 훨씬 더 값진 것임에도 불구하고 다른 이의 것을 추종한다. 이렇듯 '나'를 잃어버리는 것은 자기 말을 잃는 데서 시작된다. 자기 말이 없는 사람은 삶의 주인이 될 수 없다.

다른 사람들의 지혜를 수집하는 게 나쁘다는 말은 아니다. 사람은 다른 사람들의 도움 없이 한순간도 홀로 서 있을 수 없는 존재이다. 그러나 아무리 멋진 집, 비싼 옷과 가방, 재산과 명예가 있어도 그것들이 '나 자신'이 될 수 없듯, 다른 사람이 한 말은 내 것이 아니다. 그것은 수집, 그 이상도 이하도 아니다. 그 말로 내가 할 수 있는 것이 아무것도 없기 때문이다. 그 말들은 나를 지켜줄 힘도 없고, 더 좋은 것이 나오면 언제든지 다른 말로 대체되는 가벼운 존재들이다.

자기 언어로 말하는 사람의 말에는 힘이 있다. 자신의 경험과 그것에서 얻은 지혜로 말하기 때문에 진실하다. 자신의 경험과 지혜를 믿고 말하는 사람은 타인의 말을 존중할 줄 안다. 자존감과 자신감이 있어 실수를 하더라도 인정과 사과가 빠르다. 덕분에 남들과 갈등도 덜하다.

다시 한번 스스로에게 물어보자.

'나는 어떤 말을 하며 살아왔을까?'

영혼 없는 리액션의
쓸모

파울로 코엘료의 《베로니카, 죽기로 결심하다》(문학동네, 2003)는 약을 먹고 자살을 기도했다가 깨어나 정신병원에서 살게 된 20대 여성 베로니카의 이야기이다. 곧 죽게 될거라는 의사의 말에 별다른 동요 없이 지내던 그녀는 어느 날 밤 섬광 같은 깨달음을 얻는다.

그녀는 자신이 강하며 무심하다는 걸 스스로에게

증명하고 싶었던 것이다. 하지만 실제로 그녀는 허약했고, 학업이나 운동 시합에서 결코 두드러진 성적을 거둔 적이 없으며, 가정을 화목하게 가꾸지도 못했다.

그녀는 자잘한 결정들과 싸우느라 지쳐 정작 중요한 문제에서 쉽게 무너졌다. 독립심 강한 여자처럼 행동했지만, 내심 같이 지낼 사람을 열렬히 갈구했다. (……) 그녀는 친구들에게 자신이 선망의 모델이라는 인상을 심어주었다. 그리고 스스로 만들어낸 자신의 이미지에 부합하려 애쓰느라 모든 에너지를 소비했다.

나의 '진짜 모습'과 말에 의해 '만들어진 모습'에는 차이가 있다. 우리는 종종 속마음과 반대로 말하고, 속마음보다 앞서 말한다. 속마음과 말(또는 행동)은 조금 어긋나 있는 게 정상이다. 하지만 어떤 목적이 있어 '만들어진 나'로만 살아야 한다면 진짜와의 간극에 무척 괴로울 것이다. 내 마음이 내 말을 따라가지 못해서, 말이 나인지 속

마음이 나인지 잘 모르는 지경에 이르는 것이다. '만들어낸 자신의 이미지'를 지키느라 에너지를 다 써버리고 마음의 병까지 얻은 베로니카처럼 말이다.

'만들어진 말'은 멋있고 이상적이지만 '진짜 나'와는 다르다. 자신의 마음 그릇보다 큰 말을 내뱉으면 후유증이 따른다. 우리는 언제 본래 모습은 숨기고 '만들어진 나'를 앞세워 관계를 맺고 싶어 할까? 좋아하거나 잘 보이고 싶은 사람을 만났을 때 그렇다.

나는 연애를 할 때 상대가 좋아하는 것을 파고드는 경향이 있었다. 상대가 음악을 좋아하면 음악에, 술을 좋아하면 술에, 정치면 정치에, 여행을 좋아하면 여행에, 내가 그 사람보다 더 빠져버렸다. 그렇게 상대가 좋아하는 말투, 행동, 취향 등을 더 발전시키면 관계에 도움이 될 거라 생각했다. 나는 꽤 자주 상대에게 맞는 옷으로 갈아입었다. 새 옷을 갈아입으면서도 '만들어진 나'가 연애하고 있는 줄은 꿈에도 몰랐다. 서로 비슷한 점이 많다는 것에 만족할 뿐이었다.

그러나 연애가 끝날 때쯤 알게 되었다. 연애가 끝나면 그것에 대한 나의 관심도 끝난다는 사실을. 상대가 좋아한다는 이유만으로 빠져들었지만, 그것은 내게 최고가 아니었다. 그저 흉내 내기에 불과했다. 연애가 끝나고 나면 '만들어진 나'와도 헤어져야 했기에 나는 남들보다 더 길게 방황하곤 했다. 진짜 '나'로 돌아오는 데 오랜 시간이 걸렸다.

그런 연애를 두세 번쯤 하고 나서야 '진짜 나'로서 연애하기 시작했다. 그 역시 완벽하지는 않았지만, 나의 일부를 상대에게 맞춰 비약적으로 성장시키는 일 따위는 하지 않았다. 연애의 목적이 자아실현은 아니었으므로.

말은 늘 성격이 급하다. 마음을 채 정하기도 전에 불쑥 입을 열어 '좋은 인상'을 주려고 한다. 마음에 결정을 내리기도 전에 상대의 기분이 좋을 만한 말을 먼저 해버린다. 상대의 말에 화려한 리액션으로 공감하고, 맞장구를 치거나 마음에도 없는 친절을 베푼다. 왜 우리는 원하지도 않는 친절과 공감을 베풀고 있을까? 인정받고 싶기 때문이다. 내 마음이 나의 말을 따라가지 못할 때 멈춰 서서 그 속도를 맞춰보는 것은 어떨까. 말이 너무 앞서가면 '만들어진 나'로 살기 십상이니까.

끝내 열등감이 되는 것들

나에게는 이상한 버릇이 하나 있다. 유명한 사람의 나이를 계산해보는 것이다. 저 사람은 몇 살인데 회사의 대표를 하지? 저 사람은 경력이 얼마나 되기에 저 자리에 있지? 저 사람은 언제부터 잘나갔지? 저 배우는 몇 살에 자신의 인생작을 찍었을까?

작가가 꿈이었던 시절에는 젊은 작가들이 등단한 나이나 첫 책을 출간한 나이를 계산해보고 내 나이보다 많으면 이상하게 안심이 되었다.

'그래. 나에게도 아직 기회는 있어.'

그 사람의 나이가 나보다 적으면 그 사람의 비범함을 부러워하며 글은 역시 아무나 쓰는 것이 아니라고 좌절했다. 시간이 지나면서 같은 나이의 친구들이 잘나가고 주목을 받게 되었을 때 내게 남은 방법은 한 가지였다. 글쓰기에 대한 열정을 한때의 치기로 생각해버리는 것이었다. 누구나 한 번쯤 꿈꿔보는 열망 같은 것으로 포장하는 일이었다. 잘하지 못할 바에는 꿈을 꾸지 않는 것이 좋다고 배웠고, 그것은 일부 사실이었다.

나는 20대 초반 이후로 내가 글쓰기를 좋아했었다는 사실을 잊고 살았다. 간혹 누군가 글을 쓰느냐고 물으면 "제가 무슨 글을 써요" 하며 손사래를 쳤다. 그렇게 나에게 글쓰기는 시간이 지날수록 '좋아했던 것'에서 '열등감'으로 변해갔다.

몇 년 전 출판업계 선배와 차를 마시며 이야기를 나누다가 이런 말을 들었다.

"B급 편집을 해봐. 거기 B급이잖아."

그가 말한 '거기'는 당시 내가 다니던 출판사였다. 그 말을 듣는 순간, '나=B급 편집자'라는 수식이 만들어졌고 표정 관리가 잘 안 되었는지 분위기를 알아챈 선배는 바로 수습에 나섰다.

　"B급이란 게, 그 뭐냐. 적정, 그래 적정 편집이잖아. 그 것도 한 분야가 될 수 있어."

　나는 선배가 무슨 조언을 하려는지를 알고 있었다. 하지만 이미 'B급 편집자'라는 말에 열등감이 발동한 상태였다. 그도 그럴 것이 상대는 아주 젊은 나이에 메이저 출판사의 사장이 된 데다 이름도 꽤 알려진 사람이었다. '좋아하는 일'이 열등감으로 바뀌는 것은 참 쉬운 일이었다. 오래전 나의 글쓰기처럼.

　자기 자신에 대해 말로 충분히 설명해야 직성이 풀리는 사람들이 있다. 내 주변에도 '어떻게 저렇게 쉬지도 않고 자기 자랑을 하지?'라고 생각하게 만드는 사람들이 있다. 외모, 학력, 지위, 재산, 인맥 등 부족함이 없어 보이는데도 어느 자리를 가거나 자기 자신을 설명하느라 여념이 없다.

'자기 자신을 설명하는 말'은 어떤 말일까? 어디에 사는지, 어느 학교를 졸업했는지, 직업은 무엇인지, 부모님은 무엇을 하시는지, 무엇을 공부하는지, 무엇에 관심이 있는지, 어떤 성과를 냈는지 등 끊임없이 자신이 '어떤 사람'인가를 보여주는 말이다. 그렇다면 말로 설명할 수 없는 것은 아무런 가치가 없는 것일까? 남들에게 말로 설명할 수 있는 것만 삶에서 가치 있는 것일까?

신부이자 하버드대 교수였던 헨리 나우웬이 장애인 공동체에서 살기 시작했을 때 누군가에게 이런 질문을 받았다고 한다.

"당신은 누구입니까?"

"나는 하버드대 교수였던 헨리 나우웬입니다."

그런데 상대는 '하버드'를 모르는 사람이었다.

"하버드가 뭔데요?"

그 질문을 받은 날, 헨리 나우웬은 일기를 썼다고 한다.

오늘 나는 놀라운 경험을 했다. 이 사람들은 내가

하버드대 교수인 것과 많은 업적을 세운 것을 알
지 못하고 관심도 없다. 이곳에서 나는 그저 헨리
나우웬이다.

헨리 나우웬은 "당신은 누구입니까?"라는 질문에 교수,
하버드대, 신부, 저자 등으로 자신이 설명되기를 원했지
만, 그런 것들로 자기 자신을 설명할 수 없다는 사실을 알
게 되었다. 그의 말대로 그것은 '놀라운 경험'이었다.

미국의 정신의학자인 제롬 프랭크는 "모든 정신장애는
기가 죽어서 생기는 병이다"라고 말했다. 남들의 성공 나
이를 계산하는 내 독특한 버릇은 기가 죽어서 생긴 병이
었다. 좋아하는 것을 끝까지 좋아하지 못하는 것도 기가
죽어서였다. 남들에게 설명할 수 있을 만한, 또는 인정받
을 만한 것이 아니었기 때문이다. 만약 그것을 그냥 두었
다면, 남과 비교하지 않고 세상에 설명하려 들지 않았다
면, 지금쯤 '나만의 무엇'으로 빛나고 있지 않았을까? 하
지만 나는 끝내 '나만의 글쓰기'를 열등감으로 만들어버
리고 말았다.

비참해질 나를 위해
남겨놓은 말

관종, 엄친아, 개부럽, 열폭, 금수저, 존잘이라는 말 속에는 한 가지 공통된 감정이 들어 있다. 사람이라면 누구나 가지고 있는 '남을 부러워하는 마음'인 질투와 시기이다. 질투와 시기는 약간 다른 말이다. 질투는 내가 이미 가지고 있는 것을 다른 사람에게 빼앗길까 봐 불안해하는 감정이고, 시기는 자신이 갖지 못한 것을 다른 사람이 갖고 있을 때 생기는 미움, 분노, 적대심, 우울, 슬픔 등의 조금 더 복잡한 감정이다. 보통은 이 둘이 섞여서 인간을 무척 괴롭게 한다. 프랑스의 철학자이자 평론가 롤랑 바르트는 《사랑의 단상》(문학과지성사, 1991)이라는 책에서 그 괴로움을 이렇게 표현했다.

> 질투하는 사람으로의 나는 네 번 괴로워하는 셈이다. 질투하기 때문에 괴로워하며, 질투한다는 사실에 대해 자신을 비난하기 때문에 괴로워하며, 내 질투가 그 사람을 아프게 할까 봐 괴로워하며, 통속적인 것에 노예가 된 자신에 대해 또 괴로워한다.

살리에리는 18세기 궁정 작곡가이자 베토벤과 슈베르트를 가르친 스승으로, 음악적으로 아주 뛰어난 사람이었다. 〈아마데우스〉는 살리에리가 자신보다 뛰어난 모차르트의 재능과 천재성에 '열폭'하여 시기하다가 결국 모차르트를 파멸시킬 음모를 계획했다는 상상을 담은 영화이다. 영화 속 살리에리는 슬픈 목소리로 독백한다.

"나는 음악을 위해서라면 목숨이라도 버릴 각오
가 돼 있는데 그는 놀 것 다 놀고 여자와 경박하게
웃어가며 남는 시간에 작곡을 한다. 그런데도 그
의 음악은 시공을 뛰어넘는 불후의 명작이고, 내
가 쓴 곡은 아무도 기억하지 못한다."

영화적 상상력의 진위 여부를 떠나, 영화가 흥행한 뒤
에 '살리에리 증후군'이라는 말이 생겨났다. 이는 어떠한
분야에서 자신보다 뛰어나거나 잘나가는 사람을 보며 느
끼는 열등감과 무력감을 뜻한다. 극중 살리에리가 모차르
트에게 느낀 감정처럼 말이다.

그런데 살리에리의 말을 잘 들어보면 '음악을 목숨 걸
고 하는' 자신과 '놀 것 다 놀고 여자와 경박하게 웃어가
며 남는 시간에 작곡하는' 모차르트를 비교하고 있다. 자
신은 성실하고 모차르트는 방탕하다고 말하고 싶은 것일
까? 그의 말에는 자신의 노력과 열정만 있지, 모차르트의
노력과 열정은 없다. 철저히 배제시켰다. 우리도 일상 속
에서 이 같은 말을 하고 있다. 자기도 모르는 사이에.

"걔는 맨날 돈 모아서 여행만 가냐. 어제 사진 또 올렸더라. 진짜 관종이야."

"살 빼고 눈이랑 코 했는데 안 예쁜 게 이상하지 않아?"

"나도 그런 집에 태어났으면 스카이 가고도 남았어. 엄친아 좋아하네."

"걔 부모님이 2년간 학원비, 생활비 다 대준 거래. 역시 금수저는 달라."

"지독하게 공부만 하면 뭐 해, 친구도 하나 없는데."

"그 여자네 좀 산대. 어쩐지 여친한테 엄청 잘하더라."

살리에리가 자신의 노력과 열정만 보느라 천재성에 가려진 모차르트의 노력과 열정은 보지 않은 것처럼, 우리도 타인의 성과나 성공에 대해 한쪽 눈을 감아버린다. 돈을 모으기 위한 감춰진 노력들, 다이어트와 성형수술에 수반되는 고통과 비용, 지독하게 공부하느라 포기할 수밖에 없었던 것들, 1등을 지키기 위한 인내의 시간. 타인의 노력과 열정은 나에게 불편한 진실이기 때문이다. 그것을 인정하는 순간 초라해질 자신을 위해 만들어놓은 '방패의 말'들은 롤랑 바르트가 말한 괴로움 속으로 우리를 몰아

넣는다.

나를 보호하려고 만든 방패의 말들은 험담이나 뒷담화, 악성 댓글로 변하다가 결국 자기 자신에게 돌아온다.

'나는 왜 이것밖에 못 할까?'
'나는 왜 항상 이럴까?'

남을 질투하고 시기하는 것은 자연스러운 감정이다. 하지만 그 감정을 적절하게 조절하지 않으면 살리에리 증후군에서 벗어날 수 없다. 습관처럼 다른 사람의 인생을 깎아내리며 자신을 부정하는 괴로움 속을 헤맬 것이다. 거기서 해방되는 방법은 의외로 간단하다. 다른 사람도 나처럼 작은 것 하나를 이루기 위해 많은 노력과 시간을 들인다는 점을 인지하는 것이다.

친구, 동료 등 내 주변에 있는 사람들에게 좋은 일이 생겼을 때 내 모습을 떠올려보자. 무미건조하고 짧은 축하를 건네고 있는가, 아니면 그것에 대해 질문하며 긴 대화를 나누고 싶어 하는가. 내게 좋은 일이 생겼을 때는 어떤

가. 누군가 그것에 대해 자세히 묻고 이야기를 더 나누고 싶어 한다면 당신은 진정 행복한 사람이다.

타인의 고통이나 불운 앞에서는 어떠한가? 누가 시키지 않아도 긴 대화를 나누고 싶어 한다. 불행을 질투할 리는 없고, 샤덴프로이데(남의 불행이나 고통을 보면서 느끼는 기쁨)를 느끼는 중이지 않을까? 뇌에서 기쁨의 호르몬까지 분비된다니 잔혹하지만, 이는 엄연한 현실이다.

관종, 엄친아, 개부럽, 열폭 같은 단어는 인간의 나약함을 적나라하게 보여주는 말이다. 다른 사람의 행복과 성공을 말할 때 나도 모르게 당사자의 노력과 열정을 깎아내리고 있다면 거기서부터 나를 들여다보아야 한다. 내가 지금 무엇을 괴로워하고 있는지.

'옳음'과 '공감' 중에
하나를 고르라면

,

...

.

찰스 먼로 슐츠의 만화 〈피너츠〉의 주인공 찰리 브라운이 스누피에게 물었다.

"스누피, 희망이 보이지 않는데 어떻게 하지?"

내가 스누피라면 어떻게 대답할까? 반대로 내가 이 질문을 누군가에게 했다면 그들은 뭐라고 말해줄까?

누군가는 희망이 보이지 않는 이유나 나의 근황에 대해 물을 것이다. 눈을 동그랗게 뜨며 조금 큰 소리로 "왜?"라고 묻거나 "무슨 일 있어?"라고 조심스럽게 말을 걸 것이다. 어떤 사람은 희망이 보이지 않았던 자신의 경험을 죽 늘어놓다가 극복 노하우를 가르치려 들 것이다. 어떻게 해서 그런 생각을 하게 되었는지 꼬치꼬치 캐묻는 사람, 형식적인 위로를 건네고 다른 주제로 말을 돌리는 사람, 바로 맞장구를 치며 자신이 요즘 얼마나 힘든지 더 길게 늘어놓는 사람, 세상에 안 힘든 사람 없다고 물 타기를 하는 사람 등등 이 질문에 대한 대답은 각양각색일 것이다.

여기에는 절대적인 옳음도 그름도 없다. 조언이 필요한 사람은 조언이, 위로가 필요한 사람은 위로가, 수다가 필요한 사람은 수다가, 술이 필요한 사람은 술이 더 옳았다고 생각할 것이다. 누가 타인의 고민에 악의적 감정으로 위로하겠는가. 그저 각자의 '선'으로 도움을 주려는 것이겠지.

하지만 여기에도 최악은 있다. 타인의 말을 판단하거나 심판 노릇을 하려는 사람들이다. 그런 사람은 스누피의 말에 이렇게 대답할지도 모른다.

"희망이 안 보인다고? 그렇다고 희망을 버리면 되겠어? 네 인생만 힘든 것도 아니고. 힘을 내고 일어서야지."

몇 년 전의 일이다. 동생이 속상한 일로 전화를 걸어왔다. 지인과 어떤 일로 감정싸움을 하다가 다툰 모양이었다. 동생은 약간 격양된 목소리로 자신의 억울함을 길게 호소했다. 나는 한동안 들어주다가 나도 모르게 솔로몬 흉내를 냈다.

"야, 너도 문제가 있지 않아? 그렇다고 그렇게까지 하면 어떡해."

그러자 동생은 울컥하며 말했다.

"언니, 그냥 좀 들어주면 안 돼?"

조언을 구하던 동생은 갑자기 그냥 들어달라고 했고, 그날따라 컨디션이 좋지 않았던 나는 순간 짜증이 밀려들었다.

"아까는 방법을 알려달라며? 야, 네가 알아서 해, 그럼."

그 일이 있은 뒤, 누군가에게 조언을 하고 싶은 충동이 일어날 때마다 나는 이 말을 떠올리곤 했다. 누군가 아무리 조언을 구해도 이 말을 먼저 곱씹는다.

"그냥 좀 들어주면 안 돼?"

나는 오랫동안 일명 '솔로몬병'에 걸려 있었다(지금도 그 병이 다 나았다고 자신 있게 말하지는 못하겠다). 솔로몬병이란 어떤 갈등에 대해 양쪽 모두에 잘못이 있다고 중립적인 입장을 취하며 자신의 현명함을 드러내고 싶어 하는 사람을 일컫는 신조어다. 대략 이런 상황을 두고 하는 말이다.

심판의 편파 판정으로 우리나라가 축구 경기에서 진 상황에서,
"생각해보니 심판 입장도 이해가 간다. 선수들이 다 자기 입장만 얘기하는데 얼마나 힘들겠어."

팀장이 별것도 아닌 일에 소리를 고래고래 질러서 상처받은 여친에게 남친 왈,
"너도 나중에 그 자리 가봐. 팀장이 얼마나 힘든 자리인데 그 입장도 이해해야지."

친구들과 장난을 쳤는데 선생님한테 혼자만 혼나고 온 딸에게 엄마 왈,

"선생님이 애들 사정을 일일이 어떻게 다 알아. 네
가 이해해야지."

모임 내 지인과의 갈등으로 마음이 힘들다는 사람
에게 친구 왈,
"들어보니 둘 다 잘못이 있네. 계속 볼 사람인데
한 살이라도 더 먹은 네가 풀어."

　나는 살아오면서 저런 말을 참 많이 했다. 그래서 친구
나 지인은 많지만 친한 사람은 별로 없고, 가까운 사람들
에게 '냉정하다'는 평가를 곧잘 들었던 것 같다. 실은 냉
정한 게 아니라 '솔로몬병'에 걸려 있었던 건데 말이다.
엄마가 시댁과의 갈등으로 속상해할 때도 나는 언제나 중
립을 지켰다. 동생이 친구와 싸우고 와도, 부모님이 부부
싸움을 해도 굳건히 중립을 지켰다. 친한 친구가 애인과
싸웠을 때도, 후배가 상사를 욕해도, 지인이 또 다른 지인
때문에 속상해할 때도 나는 대개 한쪽 편을 들지 않고 가
운데를 지켰다. 여기에도 내 나름의 선은 있었다. 그게 그

들을 위한 것이라고 믿어 의심치 않았다. 그러나 그건 그들을 위한 게 아니었다. 지독한 솔로몬병이었다.

영화 〈원더〉에서 안면 기형으로 스물일곱 번의 성형수술을 한 주인공 어기가 처음으로 가족 품을 떠나 학교에 갔을 때, 어기를 흘긋거리며 쳐다보는 아이들을 향해 담임선생님은 이렇게 말했다.

"옳음과 친절 중 하나를 선택할 땐 친절함을 선택해라."

나는 꽤 오랜 시간 동안 친절 대신 '옳음'을 선택했다. 그 옳음은 무엇인가? '조언'이라는 탈을 썼을 뿐, 나의 편견이며 작디작은 경험 내지는 쓸데없는 간섭이었다.

"스누피, 희망이 보이지 않는데 어떻게 하지?"라는 질문에 스누피는 뭐라고 말했을까? 그는 아무 말도 하지 않고 찰리 브라운의 볼에 '쪽' 입을 맞췄다. 찰리는 말했다.

"오, 그거 멋진 조언인걸."

스누피는 언제나 나보다 한 수 위구나.

상처받았음을
알아차리게 하는 방법

어릴 때부터 운동을 잘했다. 초등학생 때는 육상부였고, 고등학생 때까지 반을 대표해 이어달리기에 나갔으며 사회생활을 하면서도 마라톤이나 검도를 즐겼다. 그렇게 운동을 배우면서 선생님이나 관장들에게 꼭 듣는 말이 있었다.

"넌 순발력이 좋아!"

순발력에는 두 가지 뜻이 있다.

1. 근육이 순간적으로 빨리 수축하면서 나는 힘

2. 순간적으로 판단하여 말하거나 행동하는 능력

전문가들이 그리 말했으니 이 몸은 순발력이 좋은 게 확실하다. 문제는 그 순발력이 근육에만 쏠린 거다. 말에서 발휘되어야 할 순발력이 돌발 상황에서는 나올 생각을 안 하니 말이다.

최근 내가 가장 많이 듣는 말은 "살쪘다"이다. 2년간 꾸준히 10킬로그램 정도 쪘으니 다들 놀라고 걱정도 됐을 것이다. 이 말 저 말 듣던 중에, 딱 두 번 만난 친척 남자가 폭탄을 던졌다.

"아니, 살이 왜 이렇게 많이 쪘어요?"

내 감정에 빨간불이 들어왔다. 바로 뒤이어 여기서 화내면 안 된다는 검열 기능도 작동했다. 검도 대회에서 순발력 있게 검을 휘두르던 검객은 어디 가고 수줍게 웃고만 있는 내가 있었다. 눈치 빠른 사람이었으면 거기서 멈췄어야 했다. 하지만 그는 자신의 말이 '진짜'임을 확인받고 싶었는지 또 입을 열었다.

"그전에는 말랐었잖아!"

나는 평생 말라본 적이 없는 여자다. 그와는 '그전'이라고 말할 정도로 가까운 사이도 아니었다. 그나마 함께 있던 사람들이 눈치를 주어 안심하던 찰나, 몇몇이 입을 모아 말했다.

"아니, 예전에도 그렇게 마르지 않았어."

또 웃고 말았다. 배시시. 아무 말도 나오지 않았다.

한번은 여러 사람들과 함께 차를 타고 이동하려는데 누군가 명랑한 목소리로 말했다.

"자기가 뚱뚱하니까 앞에 타."

안 그래도 앞문을 열려고 하던 차에 머리가 띵했다. 나는 또 웃으며 "네~" 하고 대꾸했다. 단호한 "네"도 아니고 "네~"라니. 핑계를 대자면 너무 순식간에 일어난 일이라는 거.

이런 일을 몇 번 겪으면서, 비로소 내가 '살'과 관련된 말에 상처받고 있다는 '사실'을 깨달았다. 살찐 모습이 싫어서 샤워를 할 때 눈을 감는다는 사실도. 새로 옷을 사러 갈 때 주목받는 게 싫어 넓은 매장에만 간다는 것도. 사진

찍기를 싫어하고, 찍힌 사진을 보며 무리 중에 내 덩치가 가장 크다는 사실만 확인하고 삭제 버튼을 누른다는 것도.

상처를 깨닫자마자 이렇게 말하고 싶었다.

"너무 무례하시네요."

"내가 그렇게 만만해요?"

"좀 불쾌하네요."

하지만 그렇게 말한들 무슨 소용인가 싶기도 했다. 괜히 나만 예민하거나 꿍한 사람이 될 것이다. 악의는 없었다고 농담이었으니 화 풀라고 영혼 없는 사과를 받거나, "너 그렇게 뚱뚱한 거 아니야"라는 말로 본전도 못 찾을 것이 뻔했다. 계속 만나야 하는 사이라면 관계만 불편해질 것 같았다.

위기 대처 능력은 순발력의 다른 말이다. 나의 상처나 굴욕이 다른 사람에 의해 자극받을 때, 그때가 나에겐 위기 상황이다. 먼저 "뭐 그런 말에 상처를 받느냐"는 충고나 위로에 휘둘리지 말아야 한다. 상처는 보편화될 수 없는 고유한 내 감정이니까. 내가 어떤 말에 상처받고 있다고 이해를 구할 필요도 없다. 각자의 상처를 안고 살기에도 버거우니까.

다만 알려야 한다. 전문가들은 말한다. 단호하게, 우아하게, 유머러스하게 한 방 먹이라고. 하지만 그런 잽도 순발력이 있어야 '그 순간에' 나간다. 나 같은 느림보들은 괜히 부작용만 만들기 십상이다. 감당 못 하고 버벅대다가 끝날 확률 100퍼센트. 그럼 어떻게 알릴까?

화를 내기에는 애매한데 상처받는 말을 들었다면 '순간 침묵'으로 그 사람의 입을 다물게 하는 게 상책이다. 보통 사람들은 상대의 '순간 침묵하는 시그널'을 어느 정도 알아차린다(우리가 상대하는 사람들에게 그 정도 센스는 있다고 일단 믿어보자). 누구처럼 눈치 못 채고 계속 말한다면 '두 번째 침묵'에 돌입하라. 대답만 안 하면 된다. 주변에 사람들이 있다면 나를 대신해 응징해줄지도 모른다.

그 시그널을 알아차린 상대가 사과하거나 멈칫할 때, 그때 웃어도 늦지 않는다. 단호하게, 우아하게, 유머러스하게 말할 순발력이 없다면 '웃지 말고 침묵하기'. 상대의 말에 내가 대신 마침표를 찍어주고 잠시 기다려보는 것이다. 그 사람에게 돌아볼 시간을 준다고 생각하자. 순발력을 키우느라 괜한 에너지를 쓰는 이들에게 말하고 싶다. 순발력은 대개 타고난다고. 살이 쪄도 순발력 좋은 나의 몸처럼.

,

제대로 쉬어라,
막말을 멈추려면

•••

•

얼마 전 지방의 한 여자중학교로 강의를 간 적이 있다. 그런데 90분간 강의를 하면서 웬지 모르게 평소와는 다른 느낌을 받았다. 강의를 마치고 서울로 돌아오는 기차 안에서 나는 천천히 생각을 해보았다.

우선 화장기 없는 민낯의 중학생들을 만난 게 오랜만이었다. 친구들의 발표에 "오!" 감탄을 하면서 시키지도 않은 박수를 치는가 하면, 좋아하는 대상이나 사람에 대해 발표하는 시간에는 '부모님'이나 '선생님'이라고 말하는 학생이 30퍼센트나 되었다. 학교에 머무른 약 두 시간 동안 괴성이나 욕도 들리지 않았다. 이렇게 말하면 그동안 만났던 도시에 사는 아이들이 모두 이와 반대라는 논리가 만들어질 것 같지만, 그것은 내가 말하려는 핵심이 아니다. 다만 그 아이들의 말이 어쩐지 부모님이 사는 시골을 오가며 들었던 말들과 비슷하게 느껴진 거다. 자연을 가까이 두고 살아가는 사람들에게서 느껴지는 말의 편안함이나 여유라고 하면 너무 안일한 결론일까?

미국 캘리포니아대학과 애리조나대학의 공동 연구진은 143명이 이틀 동안 쓴 말을 녹음해 분석한 결과, 스트레스를 많이 받는 사람이 적게 받는 사람보다 '굉장히'나 '정말', '엄청나게' 같은 단어를 더 많이 사용했다고 밝혔다. 이 단어들은 감정을 더 강화시키는 부사어인데, 기분이나 감정이 한층 고양된 상태임을 보여준다고 한다. 또 스트레스가 심한 사람은 '그들' 같은 3인칭 대명사를 1인칭 대명사(나)보다 덜 사용하는데 이는 외부 세계에 관심이 별로 없기 때문이라고 한다.

사회생활을 하며 우리가 하는 말을 떠올려보자. 과도한 업무와 성과의 압박에서 나온 말, 상사와 후배를 향한 험담과 비난의 말, 남들과 비교하며 스스로를 깎아내리는 말, 겉과 속이 다른 가면 쓴 말 등은 모두 쉬지 못할 때 감정의 강도가 고양되고 거칠어진 말들이다. 12년간의 힘든 학창 시절이 끝남과 동시에 또다시 시작되는 무한 경쟁 속에서 우리는 어떻게 쉬어야 하는지 잘 모르고 어른이 되었다. 현대인들은 아무것도 하지 않을 때 오히려 불안을 느낀다. 그 불안 에너지가 자기계발이나 성장의 발판이 되는 것은 맞지만, 온전히 쉬지 못하면 우리 안의 생각과 말이 거칠어지고 세지고 자극적이 되며 험담과 비난에 더 익숙해진다.

일 때문에 스트레스를 받는다고 말하는 사람들을 보면 대개 일에 열정이 넘치고 업무량이나 성과에서 앞서 있다. 남들보다 일찍 출근하고 야근도 빈번하며, 때로는 주말도 반납하고 일에 몰두하기도 한다. 인간관계도 전부 일과 관련된 사람들이고, 대화도 다 일과 관련된 화제뿐이다. 주변이 온통 '일'이다. 한마디로 그들은 쉴 줄 모르는 어른이 된 것이다.

그런 사람들을 만나서 대화하다 보면, 직장 상사나 후배의 문제점은 물론이고 그들의 나쁜 성격이나 사소한 습관들, 회사 내 알력과 거기에 얽힌 에피소드까지, 그리고 그 속에서 자신이 얼마나 힘들고 상처받고 있는지에 대한 이야기가 서너 시간은 족히 이어진다. 그뿐인가. 상사의 불합리한 처사, 연봉이나 회사 제도에 대한 불만의 말, 동료들과의 내밀한 갈등이나 서로의 이기심이 만들어낸 험담, 그 속에서 피해만 보는 것 같은 자신에 대한 연민과 자조의 말도 섞여 있다.

나도 한때 그런 사람이었다. 일에 대한 열정이 과했고 늘 남과 나를 비교했으며 열등감과 우월감 사이를 수없이 오갔다. 가만있지 못하고 늘 공부하고 뭔가 배워야 한다고 생각했다. 그러면서 가장 힘든 사람은 나 자신이었다. 열정이 과할수록 자존감은 떨어지고, 비교하고 자조하는 말이 나를 지배했다. 하지만 피해를 본 사람은 나만이 아니었다. 나의 스트레스가 만들어낸 수많은 말들이 누군가에게는 비수가 되어 꽂혔을 것이다. 오해와 상처를 불러온 말도 있었을 것이다.

　1년간 문학 치료를 공부하며 알게 된 것이 있다.

　잘 쉴 줄 몰랐던 것.
　일이나 특정 결과물을 '나'라고 착각했던 것.

　내가 열정적으로 매달리는 대상은 나 자신이 될 수 없으며, 그것을 열심히 하되 지배되지 말고 자유롭게 놓여나 쉴 수 있어야 한다. 그래야 내 안에 있는 좋은 말들이 밖으로 나올 숨구멍도 생긴다. 잊지 말자. 쉬지 않으면 나 자신에게는 물론이고 타인에게도 상처를 입히는 말이 계속해서 만들어진다는 사실을.

내면 아이가 하는 이야기

,

...

•

《빨간 머리 앤》의 주인공 앤 셜리는 동네 아주머니의 외모 지적에 얼굴이 벌게져 발을 동동 구르며 입술을 파르르 떨었다.

"어떻게 저한테 빼빼 마르고 못생겼다고 할 수 있어요? 어떻게 주근깨투성이에 빨간 머리라고 할 수 있냔 말예요. 아주머니는 예의도 없고 무례하고 감정도 없는 사람이에요!"

- 《빨간 머리 앤》(루시 모드 몽고메리, 시공주니어, 2002)

앤은 누구에게나 상냥하고 친절하지만, 유독 비쩍 마른 몸과 빨간 머리 등 외모 콤플렉스를 건드리는 사람에게만은 가차 없이 발톱을 드러낸다. 이 아주머니뿐만이 아니다. 앤과 같은 반 친구인 길버트는 '홍당무'라고 앤을 놀렸다가 수업 시간에 머리를 세게 얻어맞는 수모를 당한다. 앤은 그 일로 길버트가 보기 싫다며 다음 날부터 학교에도 나가지 않았다.

열한 살 꼬마의 콤플렉스는 언제부터 시작된 것일까? 앤은 태어나자마자 부모를 잃었고 그 때문에 따뜻한 보살핌을 받지 못했다. 결국 이 집 저 집을 전전하다 고아원에 들어갔고, 꿈에 그리던 입양도 쉽사리 이루어지지 않았다. 결국 앤은 또 파양될지도 모르는 위기에 놓이고 체념하듯 말한다.

"토마스 아주머니 말로는 저보다 못생긴 아기는

보지도 못했고 어찌나 작고 앙상한지 눈밖에 보이
지 않았대요. (……) 저는 고아가 되었고 토마스 아
주머니가 그러는데 사람들은 저를 어떻게 해야 할
지 몰랐대요. 그때도 절 원하는 사람이 아무도 없
었던 거죠."

앤은 어린 시절 아무도 자신을 키우려고 하지 않았다는
사실에 마음을 다쳤다. '볼품없는 외모'를 그 원인 중 하나
로 생각해서 다른 사람이 외모에 대해 지적하면 견디지 못
하고 평소와 다르게 분노를 표출했다. 외모 지적이 자신의
존재 자체를 부정하는 말로 들렸을 것이다.

사람은 누구나 어린 시절에 겪은 경험에서 생겨난 상
처받은 아이와 함께 살고 있다. 이를 '내면 아이'라고 한
다. 이 아이는 성인이 되어 비슷한 상황에 맞닥뜨렸을 때
등장해 다소 유치한 행동이나 말을 하게 만든다. 가족 상
담 전문가 최광현은 《나는 내 편이라고 생각했는데》(부키,
2019)에서 이렇게 말했다.

대인 관계 안에서 불편한 일을 겪거나 그런 감정
을 느끼게 되면, 순간 성인의 이성으로 인지하거
나 판단하지 못하고 어린 시절 상처받았을 때와
같은 반응을 보인다. 성인인데도 마치 아이처럼
유치한 방식으로 대응한다.

어린 시절 아버지가 귀가할 시간이 되면 엄마와 나와
동생은 긴장 상태가 되어 집 안을 치우기 시작했다. 아버
지가 집에 들어오자마자 집 안을 샅샅이 스캔하고 집이
지저분하면 큰 소리로 지적했기 때문이다. 청소가 안 되
어 있을 때는 물론이고, 자신이 힘이 들 때, 서운할 때, 뭔
가를 원할 때도 소리를 지르거나 화를 냈다. 그렇다 보니
어린 마음에 아버지가 집에 있는 게 무척 부담스러웠다.
세 모녀만 있을 때는 집 안 분위기가 편안했지만, 저녁이
되어 아버지가 귀가하면 각자의 위치를 찾아야 하는 일사
불란한 군대 같았다.

문제는 결혼한 뒤였다. 가령 남편이 올 시간이 되면 나
도 모르게 긴장이 되고 불편했다. 그리고 나는 남편이 현

관에 들어섰을 때 볼멘소리로 지적을 하며 그 불편한 감
정을 분출했다.

"그걸 왜 사 왔어? 집에 있는데."

"아, 또 그거 입었어? 날씨 추운데."

"수염 좀 깎고 다니라니까."

"또 담배 피우고 올라왔지?"

그 순간 나는 아버지가 되어 있었다. 그렇게 말하면서
어린 시절에 겪은 답답하고 불편했던 감정을 해소하려는
것이었을까? 나의 어린 시절과 무관한 남편에게는 참으
로 미안한 일이었지만 불쑥불쑥 솟구치는 감정은 어쩔 도
리가 없었다.

나의 내면 아이를 알게 되었을 때 처음에는 괴로웠다.
성인이 되어 나를 힘들게 했던 몇몇 문제들이 어린 시절
가족 안에서 겪은 상처에서 비롯된 것이라는 사실 자체
가 고약했다. 회사나 어떤 집단의 총책임자나 연장자, 권
위자에게 느끼는 공격성과 위축감, 친한 친구나 애인, 가
족에게조차 두었던 정서적 거리감. 그런데 그것들을 알게
된 순간, 원인을 정확하게 알지 못한 채 희미한 불안함을

끌어안으며 그것을 덮느라 애쓴 나의 오랜 수고가 외면당하는 느낌이었달까?

앤 셜리가 외모를 지적하는 말에 평소와 다르게 반응하는 것처럼, 나는 나를 제어하거나 컨트롤하는 타인의 말과 행동에 그렇게 반응했다. 가장 가깝다고 생각한 남편에게조차도 어린 시절의 아버지를 투사하여 거리감을 만들어냈다.

내면 아이를 극복하기란 쉽지 않지만 적어도 그 아이를 돌봐줄 수는 있다. 그 아이는 나 혼자 돌봐야 하는 것도 아니다. 앤에게 마릴라 아주머니와 매슈 아저씨가 있었던 것처럼, 나에게도 사랑하는 사람들이 있다. 그 사랑을 온전히 받아낼 때 나의 말도 치유될 수 있다. 남편은 퇴근하여 집에 들어올 때 늘 활짝 웃는 사람이다. 다정한 목소리로 내 별명을 부르며 다가와 나를 꼭 안아준다. 나는 이제 어린 시절의 아버지를 내려놓고, 지적이나 잔소리 대신 장난스러운 목소리로 그의 별명을 부른다.

어떤 상황에서 부정적인 감정이 올라오고 그로 인해 나 스스로도 이해할 수 없는 말이 튀어나올 때, 힘들더라도 그 목소리에 귀를 기울여야 한다. 그 말에 위로받지 못한 한 아이가 웅크리고 있을지도 모르니까.

부모님, 친구, 연인과 대화를 나누다 보면 그들도 마찬가지이다. 그들도 평소와 다른, 내 귀를 의심할 만한 말들을 내뱉을 때가 있다. 나이로 보나 사회적으로 보나 전혀 그럴 것 같지 않은 사람이 순간적으로 굉장히 유치하고 없어 보이는 말을 한다. 자기 안의 어떤 것이 자극받을 때 사람은 자신을 보호하기 위한 수단으로 화를 내거나 남을 공격하는 말을 하게 된다. 그건 이성이 작동할 새도 없이 시간의 저편에서 불쑥 튀어나오는 내면 아이일 가능성이 크다.

나는 언제부터인가 가까운 사람들과 대화할 때 상대가 반복해서 억지를 부리거나 유치함을 보이면 이렇게 생각해본다.

'혹시 저 사람의 내면 아이인가?'

그렇게 생각하면 마음이 한결 편안해진다. 나에게도 있

는 존재이기 때문이다. 모든 관계를 그런 식으로 이해하
면 곤란하겠지만, 그렇게 해서 도움이 되는 관계도 있다.
상대가 누구인지는 각자의 마음속에 있을 것이다.

100퍼센트 완전한 말은
어디에도 없어

'

...

•

《백설 공주》에 나오는 왕비는 하루에도 몇 번씩 거울에게 자신의 아름다움에 대해 물었다. 자신이 세상에서 가장 아름다운 사람이라는 것을 거울의 '말'을 통해 확인받고 싶어 했다.

"왕비님이 가장 아름답습니다."

왕비는 거울의 한결같은 대답에 안도하면서도, 그 말을 온전히 믿지 못하고 이내 불안해했다. 아마 스스로를 아름답다고 생각해본 적이 한 번도 없는 듯싶다. 아름답지 않은 자신의 모습을 대면할 용기가 없어서 거울의 '말'이 필요했던 것이다. 왕비는 거울의 말을 '사실'로 믿으며 살고 싶었다. 하지만 거울의 말이 바뀌었고 왕비는 또 그 말에 휘둘리고 말았다.

"왕비님도 아름다우시지만, 백설 공주가 더 아름답습니다."

자신보다 더 아름다운 사람이 있다는 말을 듣게 된 왕비는 파국의 길로 들어섰다. 기세등등해 보였던 왕비는 왜 그렇게 다른 이의 말에 연연했을까? 휘황찬란하게 잘 차려입고 서서 거울에게 자신이 예쁘냐고 묻고 또 묻는 왕비가 측은할 정도다. 다른 사람의 말에 신경을 쓰고 예민해지는 나의 모습을 보는 것 같기도 하다.

친구나 연인이 나에게 "그것도 못 해?", "너 때문이야",

"너를 이해할 수 없어", "네가 어떻게 그럴 수 있어"라는 부정적인 말을 했다고 가정해보자. 그런 말을 듣고 상대에게 왜 그렇게 생각하는지 차분히 물어보거나 그냥 듣고 넘기는 사람은 드물 것 같다. 보통은 '나는 그렇지 않다'는 것을 증명하려고 할 것이다.

'나는 그렇지 않다'는 것을 증명하려는 심리는 어떤 것일까? 상대방은 계속해서 나의 문제점을 지적하고, 나는 그렇지 않다는 것을 증명해야 하는 상황이라면 순간 나도 모르게 상대의 말을 '사실'로 받아들인 것이나 마찬가지이다. 상대방의 말이 완전히 틀렸더라도 그 말에 의해 내가 규정지어지는 느낌은 피할 수가 없다.

그런데 '말'은 정말 믿을 만한 것일까? 말은 성급하고 감정이 앞선다. 실수가 잦고 잘 지켜지지도 않는다. 진심이 아닐 때도 많다. 말은 전체가 아니라 부분이다. 지극히 개인적이며 주관적이라 옳다고 단정할 수도 없다. 당사자의 입장에서 나온 좁은 소견일 뿐이다. 누가 어떤 말을 했다고 해서 그것이 그 사람의 진짜 생각이라고도 할 수 없다. 한 사람의 말 속에는 여러 사람들의 말들이 복잡하게 섞여 있기 때문이다. 말은 즉흥적인 데다가 충동적이다. 다시 주워 담을 수 없는 치명적인 단점 때문에 그동안 공들여 쌓아온 것들을 무너뜨리기도 한다. 논리적으로 들리는 말도 다시 들어보면 허술하기 짝이 없고, 유창한 말에는 과장과 허풍이 들어간다.

우리는 말에 대한 이 모든 것을 잘 알고 있다. 말에 대한 수많은 명언, 어록, 속담, 고사성어들이 말은 믿을 만한 것이 못 되니 항상 조심하라고 가르쳐준다. 하지만 말의 속성과 별개로, 오늘도 우리는 누군가의 말을 '사실'로 받아들여 속이 상하고 마음을 다친다. 한 가지 꼭 기억해야 할 것이 있다.

말은 믿지 않아도 되는 것이다.

우리 자신을 규정하는 타인의 말이라면 더더욱 믿지 않아도 된다. "너는 이러저러한 사람이야"라는 말은 그것이 칭찬이든 비난이든 그저 말하는 사람의 생각일 뿐이다. 나를 규정할 수 있는 말은 세상 어디에도 없다. 당신은 그 정도의 말로 정의 내릴 수 있는 존재가 아니다. 왕비가 이 사실을 알았다면 그토록 애처로운 모습으로 거울에게 자신의 아름다움을 묻지 않았을 것이다. 설사 물었다고 해도 거울의 대답을 진실로 받아들이는 오류를 범하지는 않았을 것이다.

3장

너는 왜 말을
기분 나쁘게 할까

,

...

.

상대의 입장이 '있다'는 것까지만

미국의 존 애덤스 대통령이 어느 날 일기에 이렇게 썼다.

'찰스와 낚시를 갔다. 내 인생 최악의 날이었다.'

그의 아홉 살짜리 아들 찰스도 일기를 썼다.

'오늘 아빠랑 낚시를 갔다. 내 최고의 날이었다.'

– 《질문이 답을 바꾼다》(앤드루 소벨 · 제럴드 파니스, 어크로스, 2012)

위 이야기에서 당신은 누구 편인가?

자녀를 키워본 사람이라면 일주일 내내 일을 하고 주말까지 자녀와 놀아줘야 하는 아버지의 고충에 공감할 것이다. 어린 시절 자신과 한 번도 놀아준 적 없는 아버지를 떠올리며 오히려 찰스를 부러워하는 사람도 있을 것이다. 늘 바쁘다는 핑계로 자녀와의 시간을 소홀히 하는 남편을 탓하는 아내의 입장, 혹은 피곤함에도 불구하고 아들에게 최고의 날을 선물한 아버지를 칭찬하는 자녀의 입장에 서는 사람도 있을 것이다. 또 자녀와의 시간을 최악이었다고 말하는 문제 아버지와 그 부자의 관계를 걱정하는 사람도 있을 것이다. 함께 낚시를 다녀왔는데도 서로 다른 생각을 하는 부자를 떠올리며 가볍게 웃는 사람도 있을 것이다. 아버지와 아들이 일기를 쓴 행위 자체에 점수를 주는 사람도 있을 테고, 존 애덤스가 미국의 몇 대 대통령인지 찾아보는 사람도 있을 것이다.

이렇게 짧은 이야기에도 여러 입장이 있다. 이 모든 입장에는 잘못이 없다. 다 일리가 있다. 각자 더 공감이 가는 입장이 있을 수는 있지만, 다른 사람의 의견이 나와 다르더라도 그것을 비난할 이유는 없다.

인간관계에서는 어떨까. 사람들 사이에서 오가는 대화의 내용을 잘 들어보면 모두가 각자의 입장에서 하는 말이다. 그저 자기 입장에서 하는 말인데 그것에 마음을 다친다. 특히 본인의 입장을 내세우느라 상대의 입장을 별것 아닌 것으로 치부하는 태도에서 상처가 폭발한다. 그나마 상대의 입장이 보이기라도 한다면 다행이다. 상대방의 처지 따위는 아예 생각조차 못 하는 사람도 많으니 말이다.

그 반대인 경우도 있다. 상대의 마음이나 처지를 잘 이해하고 공감하는 사람들이다. 넉넉한 인품을 타고났거나 끊임없이 자기 자신을 성찰하는 사람들이다. 그러나 보통 사람이 그러기는 쉽지 않다. 그렇다고 억지로 상대방의 입장을 이해하고 공감하면서 대화할 수는 없다. 그렇게 하면 엄청난 후유증이 뒤따른다.

자기 입장만 고수하는 상대방이 꼴도 보기 싫은데 겉으로는 이해하는 척하는 자신의 이중성을 스스로 비하한다거나, 상대의 입장만 챙기다 정작 자기 자신을 내팽개치기도 한다. 또 자신을 '이해 잘하는 사람', '공감 잘하는 사람', '대화 나누기 좋은 사람' 등 이상적인 모습으로 만들기 위해 욕심을 내다가 가랑이가 찢어지기도 한다. 사실이 모든 것들은 내가 겪었던 후유증이다.

나는 사람들과 갈등이 있을 때 꼭 그 사람의 입장에 서보려고 노력했다. 상대를 이해하고 공감하기 위해서 무진장 애를 썼다. 상대가 나를 공격하는 사람이라 해도 말이다. 착해서 그런 게 아니라 무엇이든지 납득이 되어야 넘어가는 고집스러운 성격 때문이었다. 이해되기 전까지는 그것에 집착하고 물고 늘어지며 스스로를 괴롭히는 성격이었다. 그래서 이런 말을 늘 달고 살았다.

"아, 정말 이해가 안 돼."

"그 사람을 이해해보고 싶은데 이해할 수가 없어."

어느 날, 또 누군가를 이해하지 못해 안달이 난 나에게 남편이 말했다.

"다 이해하려고 하지 마. 넌 모든 사람을 이해하려는 경향이 있어."

나는 이 말이 냉정하다고 생각했다.

'이해를 하지 말라니. 그럼 갈등이 안 풀리는데?'

그런데 그 뒤로 사람들과 갈등이 생길 때마다 남편의 말이 생각났다.

"다 이해하려고 하지 마."

그렇다. 상대의 입장이 있다는 것만 알아도 인간관계가 훨씬 가벼워진다. 거기서 덜 나아가도 더 나아가도 문제가 생긴다. 상대의 입장을 살피지 못하면 대화 자체가 되지 않아 갈등으로 이어진다. 그렇다고 상대의 입장을 억지로 이해하려 하다 보면 내 입장을 제대로 표현하지 못하게 되거나 타인의 마음 하나 이해하지 못하는 스스로를 탓하게 된다. 게다가 마음에도 없는 이해와 공감은 질이 낮다. 상대도 그것을 본능적으로 안다. 나는 이것 한 가지만 기억하기로 했다.

상대의 입장을 이해하지 말고 '있음'만 인식할 것.

중요한 것은 내 입장이 먼저여야 한다는 사실이다. 상대의 입장은 그다음이다. 상대의 입장이 '있다'는 사실만 알아도 당신은 대단한 사람이다. 세상에는 상대의 입장이 있음을 인식하는 것조차 힘든 상황이 더 많다. 그 입장의 경계선을 벗어나지 않는 것이 나를 지키고 관계를 지키는 방법이다.

'

너는 네가 만들어놓은 나만
좋아하지

...

•

〈알로, 슈티〉는 우체국장 필립이 악명 높은 프랑스 북부 지역 베르그로 전근을 가게 되면서 벌어지는 이야기를 유쾌하게 담은 영화다. 일명 '슈티'라고 불리는 그 지역은 사람들이 꺼리는 모든 조건을 갖춘 곳이다. 발가락이 다 붙어 있을까 싶은 혹독한 추위와 술에 중독된 사람들, 허구한 날 싸우고 헐뜯고, 도무지 알아들을 수 없는 사투리까지. 필립은 그 끔찍한 곳에 차마 가족을 데리고 갈 수 없어 혼자서 길을 떠난다.

필립은 도착하자마자 음산하게 내리는 비와 자신을 마중 나온 우체국 직원의 의심스러운 행동에 두려움을 느끼기 시작한다. 그를 더 미치게 하는 것은 사투리였다. 알아들을 수 없는 발음을 하나하나 확인하며 대화를 시도해보지만, 걸핏하면 '슈티미'라는 뜻 모를 단어를 남발하는 그곳 사람들의 말은 거의 외계어 수준이다. '슈티미'란 우리말로 치면 전라도에서 쓰는 '거시기' 정도의 말이다.

"여기 슈티미 우체국에 내 슈티미가 있어. 내 슈티미가 슈티미하게 도와줘요."

필립은 처음 며칠간 '북쪽 지역은 끔찍하다'라는 자신의 편견과 일치하는 정보만 받아들이며 베르그에 대한 생각을 더 확고히 했다. 그러는 동안 마을 사람들의 친절과 도움, 생각보다 따뜻한 날씨 등 자신의 생각과 반대되는 사실은 철저히 외면한다.

영화에서 필립의 말과 행동은 편견에 사로잡힌 우리의 모습을 그대로 보여준다. 편견은 타인에 대한 자신의 생각이나 판단이 맞는다는 것을 증명하기 위해 상대방의 말과 행동을 모두 자기 틀에 집어넣는 고집스러운 마음이다. 그런 마음은 왜 생길까? 자신이 틀렸다는 것을 인정하고 싶지 않기 때문이다.

영화 중반으로 가면서 필립은 자신의 생각이 틀렸다는 것을 알게 되고, 더할 나위 없이 행복한 북부의 일상을 즐기면서 동네 사람들과 우정도 쌓아간다. 하지만 현실에서는 어떨까? 우리는 누군가에 대한 편견이나 고집을 생각만큼 쉽게 버리고 있을까?

나의 연애 패턴은 늘 엇비슷했다. 내가 먼저 첫눈에 반해서 따라다니다가 사귀는 수순이었다. 그런데 사귀다 보면 첫눈에 반한 모습은 빙산의 일각일 뿐, 시간이 지날수록 그 사람이 가진 본래의 모습이 드러나기 시작했다. 아니, 드러난다는 표현은 틀렸다. 상대가 숨긴 것이 아니라 내가 보지 않았다는 말이 맞는다. 설사 그것이 보였어도 사소한 것으로 축소하거나 외면했을 것이다.

나는 첫눈에 반한 모습만 고집하는 미성숙한 연애를 계속했다. 상대가 그 모습을 보이지 않으면 애정을 의심했고 나도 모르게 애정을 가늠하는 잣대로 사용했다. 연애 초반에는 별문제가 없었다. 초기에는 둘 다 상대가 반한 자신의 모습을 보여주려고 노력하니까. 하지만 시간이 지날수록 첫눈에 반한 모습은 희미해지고 그것을 받아들이느냐 받아들이지 못하느냐에 따라 연애 기간이 정해졌다. 한번은 그런 잣대를 들이미는 나에게 남자 친구가 이렇게 말했다.

"너는 네가 만들어놓은 나만 좋아하지."

드라마 대사나 노래 가사로만 들었던 그 말을 직접 듣게 될 줄이야. 나는 당시에 그 말이 무슨 뜻인지 잘 몰랐지만, 그는 내가 자신의 일부만 좋아한다는 사실을 정확히 알았던 것 같다. 내가 첫눈에 반한 모습만 고집하고 있다는 것도 말이다.

누군가를 좋아할 때는 내가 싫어할 만한 점은 일부러 보지 않는다. 누군가를 싫어할 때도 내가 좋아할 만한 점들에 대해서는 눈을 감아버린다. 그리고 내가 싫어하는 한두 가지를 증명해 보이려고 자잘한 증거들을 열심히 수집한다. 그를 잘못 판단한 나의 실수를 인정하고 싶지 않기 때문이다.

어떤 사람의 말이나 행동이 유난히 거슬리거나 그것에 예민해진다면, 나도 모르게 실눈을 뜨고 상대방의 일거수 일투족을 수집하고 있는 것인지도 모른다. 나의 편견을 증명할 만한 것들을 모으고 있는 것이다. 관계를 지키기 위해서는 빠르고 쿨한 인정이 필요하다.

나는 언제든지 틀릴 수 있다.

칭찬에 휘둘리지 않아야
비난에도 흔들리지 않는다

사람들의 감정을 대신 전달해주는 메신저 이모티콘. 그중에 무엇이든 덮어놓고 칭찬해주는 이모티콘이 있는데, 거기에 적혀 있는 말이 재미있다.

숨 쉴 줄도 아는구나. 칭찬해.

일하는 너의 모습, 칭찬해.

활발한 장운동, 칭찬해.

지각도 재능이다. 칭찬해.

이 이모티콘을 보니 문득 고등학교 때가 생각났다. 당시 나의 별명은 '칭찬합시다'였다. 칭찬을 잘한다고 친구들이 붙여준 별명이었는데, 겉으로 보기에는 훈훈한 별명 같지만 실상은 그렇지 않다.

"야, 유진이한테 뭐 물어보지 마. 쟤는 맨날 다 예쁘대."

시대를 불문하고 10대는 가방, 운동화, 옷, 심지어 문구류까지 형태나 컬러, 브랜드에 무척 민감한 나이다. 그런데 나는 친구들이 그런 것에 대해 의견을 물으면 "좋다", "예쁘다", "최고!"를 남발하는 아이였다. 패션이나 디자인에 자신이 없어서? 가난한 집안 사정 때문에 애초부터 관심을 끊어서? 아니면 친구들의 마음을 사고 싶어서? 엄밀히 말하면 세 가지 모두에 해당되는데, 그중에서도 세 번째 이유가 본질에 가깝다.

어른이 된 지금은 어떨까. 나의 칭찬은 상당 부분이 타인에게 친근하게 다가가기 위한 수단으로 이용되고 있다. 고등학교 시절에 '칭찬합시다'라는, 나이에 걸맞지 않은 별명을 얻은 것도 아마 친구를 사귀기 위한 방법이 아니었나 싶다. 그래서 친하지 않은 사람이 없을 정도로 교우관계가 원만했지만 정작 단짝 친구는 없었다.

나는 왜 사람과 관계를 맺기 위해 '칭찬'을 선택했을까? 아마도 상대의 기분이나 감정에 영향을 잘 받고 눈치를 많이 보는 성격 탓이었을 것이다. 어린 시절에 비해 좀 나아졌지만 여전히 남아 있는 내 성격의 일부이다. 상대의 기분을 좋게 해야 관계가 좋아진다고 믿는 것, 그 방법으로 칭찬을 선택한 것은 나 역시 칭찬받기를 좋아하는 사람이기 때문이다. 그런데 칭찬을 좋아한다는 것은 비난에도 취약하다는 뜻이다. 한마디로 남이 하는 말에 예민하게 반응하고 그 말에 휘둘린다는 것이다. 그런데 사탕 같은 말이나 비수 같은 말에 흔들리다 보면, 가벼운 말 한 마디에 인간관계가 좋아졌다 나빠졌다 할 가능성이 크다.

일을 하다가 만난 P씨는 무척 친절하고 세심한 사람이었다. 말이 많고 언변도 남달랐다. 그런 그가 하는 말의 반이 '칭찬'이었다. 만나면 듣기 민망할 정도로 나에 대한 칭찬을 늘어놓았다. 나도 질세라 과거 '칭찬합시다'라는 별명에 걸맞게 그의 성과를 칭찬했다. 우리는 몇 년간 함께 일도 하고 안부도 묻고 종종 밥도 먹는 사이가 되었다. 그렇게 우리는 서로에 대한 '칭찬'으로 우정을 쌓아갔다.

그런데 언젠가부터 나는 그가 불편해지기 시작했다. 칭찬의 말 속에 부풀려진 풍선이 너무 많다는 느낌이 들었다. 그 안에 든 칭찬, 공수표, 뜬구름들이 진심인지 가늠이 되지 않았다. 점점 그가 하는 말이 귓가에서만 맴돌며 잘 들리지 않게 되었다.

나는 급기야 그의 말들을 우회적으로 지적했고 그도 그런 나의 불편함을 감지하는 것 같았다. 가령 프로젝트를 같이 하자는 수차례 반복되는 공수표에 나는 "일을 같이 하기는 힘들 것 같아요. 그냥 지인으로 지내도 좋은데요"라고 말하는가 하면, 그의 뜬구름 같은 말, 영혼 없는 칭찬에는 침묵을 지켰다. 그러던 어느 날, 자주 연락하던 그에게서 두어 달 연락이 없음을 알아채고 안부 전화를 걸었다.

"……여보세요?"

그를 만난 이후 그렇게 차가운 목소리는 처음이었다.

전화번호를 지운 것인지 생전 모르는 사람의 전화를 받는 말투였다. 나는 평소와 다른 그의 반응에 적잖이 놀랐고, 얼굴이 달아올라 안부만 잠깐 묻고 전화를 끊었다. 그 뒤로도 그는 연락이 없었다.

무슨 일이었는지 그의 입장을 들어보지 못해 아쉽지만, 나는 멀어진 관계보다 칭찬의 말로 이어온 우리의 얄팍한 관계가 안타까웠다. 남의 말에 쉽게 상처받고 휘둘리는 두 사람이 칭찬이라는 '대일밴드'를 덕지덕지 붙여가며 유지해온 관계란 얼마나 약하고 위태로운가. 그 관계에 문제가 있다는 것을 어느 한 사람이 어렴풋이 먼저 알게 되면 그 관계는 더 이상 유지될 명분을 잃고 만다.

그와 멀어진 뒤, 나는 그간 내가 해온 칭찬의 말들에 대해 생각해보았다. 진심 여부를 떠나, 내가 사람들과 잘 지내기 위해 또는 친근한 관계를 만들기 위해 했던 그 말들이 관계를 얼마나 약화시켰는지를 말이다. 말로 가까워진 관계는 반드시 말로 멀어지게 되어 있다. 관계에서 오가는 과도한 칭찬은 때로 서로를 옭아매는 덫이 되기도 한다. 그 칭찬에 부응하는 사람이 되지 못할까 봐 불안해지기도 한다. 그것은 칭찬의 말에 부응하기 위해 쓰는 과도한 에너지, 거짓말, 공수표로 드러난다. 연기를 하느라 맞지 않는 옷을 입은 것처럼 쉽사리 불편해지고, 그러다 보면 사람을 있는 그대로 대하지 못하고 관계도 망가진다. 어쩌면 이런 상황에 놓일지도 모른다.

> "제 별명이 해결사예요. 그래서 문제만 생기면 저한테 달려오는 애들 때문에 골치가 아파요. 저한테 왜 그렇게 바라는 게 많은지."
>
> "부장님이 회의 시간마다 저보고 일을 잘한다고 하니까 야근에 주말까지 일하느라 너무 힘들어요."
>
> "사람들이 저한테 효자라고 칭찬을 하는 거예요. 그 말에 부응하려고 부모님께 열심히 했는데, 사실 저는 부모님을 별로 좋아하지 않거든요. 제가 위선자 같아요."
>
> "남자 친구의 지인들이 저 같은 여자 친구를 둬서 좋겠다고 칭찬하니까, 저도 모르게 쇼윈도 연애를

하고 있어요. SNS에도 행복한 사진만 올리게 되고. 실상은 안 그런데……."

"공부도 잘하는데 얼굴까지 예쁘다는 칭찬을 듣고 싶어요. 살도 빼고 공부도 해야 하니 너무 힘들어서 다 포기하고 싶어요."

"사람들이 저보고 열정이 넘친대요. 뭐든지 열심히 해야 할 것 같아서 부담스러워요. 늘 누군가 저를 지켜보고 있는 것 같아요."

법상 스님은 "칭찬과 비난은 한 뿌리다. 칭찬에 휘둘리지 않아야 비난에도 흔들리지 않을 수 있다"라고 말했다. 내가 아첨하고 듣기 좋은 말만 늘어놓으면 내 주변에도 그런 사람이 모이게 되어 있다. 말에 약한 사람들이 모여 서로를 칭찬하고 비난하기를 반복하다 보면 그 끝은 보지 않아도 슬프고 안타깝다. 분명 좋은 사람들인데, 그것이 칭찬이든 때로 비난이든 타인의 말을 견디는 힘이 약하여 소중한 인연을 떠나보내게 된다. 휴대전화 전화번호 목록을 보며 친하고 가깝다고 생각하는 사람들을 떠올려보라.

그들과 나눈 말이나 대화 때문에 그 관계가 지속되고 있는지. 그렇지 않을 것이다. 말보다 마음이 좋고 단단한 사람을 만나야 한다. 그러기 위해서는 제아무리 좋은 말이라도 정도껏 해야 하지 않을까?

꼰대와
요즘 것들의 대화법

,

···

·

나는 결혼을 좀 늦게 했다. 집안에서 결혼이 가장 늦어지고 동생이 먼저 시집을 갔으니, 집안의 대소사에 참여할 때마다 어른들과 눈을 맞추기가 무섭게 스포트라이트를 받아야 했다.

"유진아, 결혼해야지."

"국수 언제 먹여줄 거야?"

"야! 결혼 진짜 안 할 거야?"

그것은 걱정이었을까, 비난이었을까, 그저 인사일 뿐이었을까? 결혼을 안 한 나에 대한 진심 어린 걱정이었을까, 아니면 결혼하지 않고 자유를 누리는 나에 대한 부러움이었을까? 나는 얼마간 스트레스를 받다가 그것이 그저 '인사'라는 결론을 내린 다음부터는 아무렇지 않게 여기게 되었다.

그런데 일을 하고, 결혼을 하고, 집을 사고, 아이를 낳아 기르는 수순에 따라 인생을 살아온 부모 세대는 자신들과 다른 삶을 선택하기도 하는 요즘 젊은 세대를 걱정 어린 시선으로 바라보는 것 같다. 젊은 세대들의 반발도 심상치 않다. 명절 때마다 젊은 세대들에게 사적인 질문을 하려면 돈을 주고 해야 한다는 풍자성 기사가 인기를 얻기도 한다.

부모 세대는 젊은 세대들이 개인적으로 부족해서가 아니라 사회구조적 문제 때문에 '안 하고 못 한다는 것'을 인식하지 못한 채 입버릇처럼 말한다.

"하여간 요즘 것들은!"

한편 젊은 세대는 가르치려 들거나 좀 뒤떨어진다 싶은

사람들을 무작정 비하하거나 말이 통하지 않는 벽창호 수준으로 격하시킨다. 그들은 모든 어른들을 이렇게 부른다.

"꼰대!"

이런 말들이 인터넷상에서 순식간에 퍼지고 초고속으로 유통되는 시대이다. 어디에서 어떻게 생겨난 말인지도 모른 채 유행이 되고 뜻을 헤아릴 겨를도 없이 사라지는 경우가 부지기수다. 특히 '요즘 것들'이나 '꼰대' 같은 말은 사회계층, 성별, 세대 등에서 대척점에 서 있는 사람들에 의해 확산되어 한 집단에 속하는 모든 개인들을 하나로 규정지어버리는 전형적인 예이다. 본인이 직접 경험해보지 못한 상태에서 어떤 대상을 사회나 사람들이 정해준 카테고리에 넣고 간편하게 정의 내리는 방식이다.

온라인상에서 부모 세대를 무례하게 개인사나 물어보는 '꼰대'라는 말로 규정했다면, 부모 세대, 아니 나이 많은 이들 모두를 꼰대의 카테고리에 넣는다. 반대로 젊은 이들이 '놀 것은 다 놀면서 정작 해야 할 일은 안 하는 한심한 세대'라거나 '예의 없이 할 말을 다 하는 90년생'이라는 말로 규정되어 있다면 만나본 적도 없는 90년생들을 모두 '요즘 것들'로 정의 내린다.

　그런데 인터넷상에서 말이나 글로 배운 직장 상사의 모습은 실제와 반드시 일치할까? 물론 더한 경우도 없지 않겠지만 모두 그런 것은 아니다. 만약 사회에서 규정해놓은 이미지를 가지고 상사를 대하면 '나의 상사'를 만나지 못한다. 주입된 이미지 때문에 그 사람의 참모습과 대면하지 못하기 때문이다.

　연인 관계는 어떨까? 연애를 처음부터 능숙하게 하는 사람은 없다. 몇 번을 해도 능숙해지지 않는 것이 연애이다. 사람을 만나 사랑을 나누는 어려운 일이다 보니, 다른 사람들의 경험이나 말에 유난히 귀를 기울이게 되고 물어보고 싶은 게 당연하다. 선배나 친구를 붙들고 술잔을 기울이거나 인터넷 사이트에 들어가 유용한 연애 정보를 찾는 것은 누구나 하는 일이다.

　그런데 그 방대한 연애 정보가 때로는 나의 연애를 방해하는 요소가 되기도 한다. 내가 만나는 사람이 그 안에서 규정된 바람직한 연인의 기준에서 벗어나는 걸 용납

하지 못하는 것이다. 연애를 할 때 한 번쯤 고민하게 되는 키워드를 보면서 내가 갖고 있는 기준이나 정의가 내 경험에서 만들어진 것인지, 아니면 다른 사람의 말과 글에서 형성된 것인지 생각해보면 될 것이다.

썸, 고백, 소개팅, 사랑, 기념일, 이벤트, 커플 반지, 선물, 여행, 문자메시지, 연락, 다이어트, 집착, 싸움, 갈등, 매너, 돈, 삼각관계, 상처, 배려, 유머, 센스, 데이트, 외모, 이별, 키스, 섹스, 결혼.

철학자 강신주가 강연에서 이런 말을 한 적이 있다.

"젊은이들 대상으로 강연을 갔는데요, 어떤 젊은이가 이렇게 묻는 거예요. '선생님, 뽀뽀는 언제 해야 하나요?'"

정말 그 타이밍이 궁금해서 물어본 것일까. 만약 경험하기 전에 연애의 수순이나 데이트 방법, 심지어 뽀뽀의 타이밍까지 연애 정보를 줄줄이 꿰고 있어서, 도리어 갈피를 잡지 못했던 것이라면 한 번쯤 내가 가진 정의나 개념에 대해 점검을 해보는 것이 좋겠다.

주입된 개념과 사고로 상대를 규정하다 보면 사람 자체를 만나지 못한다. 연애를 한다면 대한민국의 남자 집단 또는 여자 집단을 만나는 것이고, 세대 간에도 '꼰대'나 '요즘 것들'만 만날 것이다. 그 사람이 하는 말과 행동을 내가 직접 경험하는 것이 진짜 그 사람을 만나는 최선의 방법이다.

말싸움에서 졌다고
마음까지 진 건 아니잖아

얼마 전 초등학교에 갓 입학한 조카가 친구와 다투었는데, 뭔가 일이 복잡하게 꼬였는지 엄마들끼리도 감정이 상한 모양이었다. 그런데 다음 날 학교 가는 길에 조카가 한 마디를 툭 던졌다고 한다.

"엄마, 난 ○○이 좋아."

이것저것 따지는 속 좁은 어른들에게 날린 통쾌한 한 방이었다. 한번은 학교에서 나눠준 체크리스트에 달아놓은 조카의 당당한 답변을 본 적이 있다.

나는 내가 한글을 잘 안다고 생각하나요?
나는 내가 숫자를 잘 안다고 생각하나요?
나는 친구들과 사이좋게 잘 지내고 있다고 생각하
나요?
나는 내가 학교에서 규칙을 잘 지키고 있다고 생
각하나요?

질문의 내용이 정확하게 기억나지는 않지만 핵심은 '내
가 나를 어떻게 바라보고 있는가'였다. 자존감이나 자기
신뢰도를 점검하는 듯했다. 조카의 대답은 한 개만 '보통'
에 체크되어 있었고 나머지는 '매우 그렇다'였다.

우리도 한때는 이 아이와 다르지 않았을 것이다. 친구
와 싸우고도 그가 좋다고 말할 수 있는 용기(아직 아이라 단
순해서 그렇다고 말하지는 말자), 부모나 친척들 앞에서 자신의
장기를 거침없이 보여주는 자신감, 자신이 좋아하는 놀이
에 몰두하는 집중력, 잘 웃고 잘 우는 솔직함을 우리도 갖

고 있었다.

그런데 어른이 될수록 그런 용기가 '바보 같음'으로, 내가 잘하는 것이 '잘난 척'으로, 솔직한 감정이 '주책없음'으로 비칠까 봐 두려워졌다. '남이 나를 어떻게 바라보는가'를 '내가 나를 어떻게 바라보는가'보다 자꾸만 앞세우게 되었다. 하지만 '내가 나를 어떻게 바라보는가'가 앞에서 잘 버텨주어야 인간관계에서 생긴 문제에 유연하게 대처할 수 있다.

살아가면서 '나'를 가장 많이 비난하는 사람은 누구일까? 어떤 일들이 생길 때마다 나를 지속적으로 못살게 구는 사람은 바로 나 자신이다. 타인과의 갈등 상황에서도 본인을 몰아세우고, 다 끝난 일을 붙들고 끝까지 스스로를 괴롭히는 것도 다름 아닌 '나'이다.

'나 때문에 그런 일이 생긴 건 아닐까?'
'꼭 그렇게까지 해야 했을까?'
'이러다가 사람들이 다 떠나면 어떡하지.'

불교 경전 중 하나인《아함경》에 '두 번째 화살을 맞지 말라'는 말이 있다. 하루는 부처가 제자들에게 지혜로운 사람과 어리석은 사람에 대해 이야기했다. 사람은 누구나 살아가면서 화살을 맞을 수 있는데, 그걸 맞고 나면 몸이든 마음이든 아픈 게 당연하다고 했다. 그런데 지혜로운 사람은 첫 번째 아픔에서 끝내고, 어리석은 사람은 '두 번째 화살'을 만들어 스스로를 또 괴롭힌다고 한다. 그러니 첫 번째 아픔에서 끝내고 '또 다른 감정'을 더하지 말라는 말씀이다.

사람들과 갈등을 겪었던 일들을 돌이켜보면 내가(또는 상대가) 첫 번째 화살에서 멈춘 적도 있고, 서로에게 두세 번째 화살을 던지다가 만신창이가 된 적도 있었다. 내가 화살을 쏘지 않는다고 결말이 훈훈한 것은 아니었다. 내가 멈춰도 상대가 계속 시위를 당기기도 하고 반대의 경우도 있었다. 그런데 둘의 미래는 확실히 달랐다. 첫 번째 화살에서 멈추면 후에 나 스스로를 비난하는 일이 드문데, 둘 다 만신창이가 되도록 화살을 쏘고 나면 후에 나를 비난하게 되었다.

다양한 모양의 화살을 잘 던지는 사람이 싸움에서 이기는 것처럼 보일 수는 있다. 그런데 두 번째 화살을 던지지 않고 자신의 '품위'를 지키는 사람이 결국에는 이긴다. 말싸움에서 조금 밀려도 마음으로 진 것은 아니다. 자기 자신에게도 남에게도 두 번째 화살을 던지지 않았기 때문이다. 그 품위는 어디에서 나올까?

안셀름 그륀은 《참 소중한 나》(바오로딸, 2007)에서 '아무도 침범할 수 없는 자기 자신', 즉 자신만의 고유한 가치를 확신하라고 말한다. 그것은 첫 번째 화살을 잘 소화할 수 있는 힘, 두 번째 화살을 쏘지 않아도 견딜 수 있는 힘이 아닐까? 이 두 가지를 잘 해낸 뒤에도 상처받지 않는 방법은 '내가 나를 어떻게 바라보는가'에 달려 있다. 그럼 다음 물음에 답해보자.

	그렇다	보통	아니다
나는 다른 사람들과 종종 갈등할 수 있다.	■	■	■
내게는 첫 번째 화살을 견딜 수 있는 힘이 있다.	■	■	■

	그렇다	보통	아니다
나는 두 번째 화살을 쏘지 않아도 괜찮다.	■	■	■
내 안에는 아무도 침범할 수 없는 내가 있다.	■	■	■

마지막 질문에도 답해보자. 답은 정해져 있으니 칸은 한 개만.

	매우 그렇다
나는 내가 참 좋다.	■

대화인 듯 대화 아닌
이모티콘

카페에 앉아 일을 하고 있는데, 옆자리에서 20대로 보이는 두 남자가 아주 심각한 얼굴로 휴대전화를 들여다보고 있었다. 카페에 마주 앉아 있으면서도 각자 휴대전화를 보는 일이 많아 특별한 광경은 아니었다. 그런데 한 남자가 친구에게 휴대전화를 건네며 말했다.

"네가 한번 봐봐."

전화기를 받아 든 친구가 심각한 얼굴로 휴대전화를 들

여다보더니 한 마디로 잘라 말했다.

"얘는 너 안 좋아하는 것 같은데?"

전화기를 돌려받은 남자는 시무룩하게 말했다.

"그렇지? 그런 것 같더라……."

썸을 타고 있는 사람과 주고받은 메시지를 친구에게 보여주어 '그 상대가 자기에게 관심이 있는지' 의견을 묻는 분위기였다. 나는 그들의 대화를 들으며 재미있어 속으로 웃으면서도, 한편으로는 주고받은 메시지로 상대의 마음을 짐작하는 것도 모자라 친구에게 해독(?)까지 맡길 수밖에 없는 불안이 못내 아쉬웠다.

만나고 사귀고 헤어지는 일이 꼭 얼굴을 보고 대화를 통해야만 하는 것은 아니다. 지금처럼 과학기술이 발전하지 않아서 그렇지 과거에도 편지나 사람 편에 '말'을 보내고 받으며 교류하고 친분을 쌓아갔다. 지금은 사람 간의 대화가 양적으로 방대해져 대화를 나누고 있지 않은 순간이 거의 없을 정도이다.

문자메시지나 SNS로 연애를 하고 우정을 나누는 일

은 퍽 자연스러운 일이다. 썸을 타는 사람이 보낸 메시지를 보고 그 사람의 마음을 짐작할 수도 있다. 메시지는 당사자의 마음을 읽을 수 있는 나름의 근거가 되니까. 그런데 문자메시지를 자기식으로 해석해 상대의 마음이나 그 관계를 단정해버리는 습관에 길들여지다 보면 어떻게 될까? 혹여 직접 만나고 대화를 나누는 일을 시간 낭비나 에너지 낭비로 생각하게 되지 않을까. 아무리 온라인이라는 가상공간에서 많은 시간을 보내고 있다 해도, 말하지 못한 나의 사정과 내밀한 이야기는 있는 법인데.

우리는 갈등이 생겼을 때조차 메시지나 이모티콘만으로 손쉽게 상황을 해결하려 한다. 서로를 위해 기다리는 시간 따위는 없다. 우리는 늘 연결되어 있으므로. 온라인에서 갈등을 해결하는 수순은 연락처 리스트의 숨김(또는 차단) 스와이프로 시작된다. 이어 페이스북 등의 SNS에서 친구 끊기, 함께 있는 대화방에서 나가기 등 연락처를 삭제하기 전까지 온갖 온라인상의 관계를 끊는 것으로 자신의 감정을 표출한다. 또 메신저 사진과 문구를 바꿔 자신의 마음 상태를 허공에다 알린다. 이것이 '온라인 절교'

의 절차이다. 온라인을 통해 사귄 친구들만 그런 식으로 정리하는 게 아니다. 연인이 될 수도 있었던 썸남 썸녀에게도, 오랫동안 관계를 지속해온 사람에게도 이런 식으로 이별을 고하는 일이 흔해졌다.

온라인용 대화는 우리의 인간관계와 소통에 혁혁한 공을 세웠다. 앞에서도 말했지만 인간관계는 직접 만나 대화를 나눠야만 이어지는 건 아니다. 그런데 온라인 대화는 다소 일방적이며 자기중심적이다. 말과 글의 중간쯤인 온라인 대화가 말보다 차분하고 글보다 친근하여 이성과 감정을 고루 갖춘 것은 사실이지만, 상대가 보이지 않기 때문에 충동적이기 쉽고 공감이 부족한 맹점이 있다. 대화의 양은 엄청나지만 그 양에 비해 이해의 깊이는 얕고 가뜩이나 잘 안 되는 경청도 방해한다. 상대의 말을 이해하기 위한 추측과 해석은 엉뚱하게 빗나가기 쉽고, 메시지 내용이나 그것을 주고받는 습관으로도 오해가 생겨난다.

나와 타인을 이어주는 랜선에는 '언제나 가능함'이라는 불이 들어와 있다. 그런데 이 불이 우리의 대화와 인간관계를 늘 순탄한 길로 안내하지는 않는 것 같다. 그것은 우리에게 소통하고 대화하고 있다는 느낌만 줄 뿐, 실제 출발선에 서지 못하게 하는 경고등 같기도 하다.

우리는 대화할 준비가 전혀 되어 있지 않을 때조차 끊임없이 누군가의 메시지를 받는다. 그 순간 그것은 대화일까, 대화가 아닐까. 연애일까, 짐작일까. 관계일까, 가짜 우정의 위안일까. 우리는 그 불빛이 나와 타인의 문을 환하게 열어주는 빛인지, 그 자리에서 더 이상 움직이지 못하도록 깜빡이는 경고등인지를 알아야 한다. 셰리 터클은 《대화를 잃어버린 사람들》(민음사, 2018)에서 이렇게 말했다.

> 우리는 공감을 떠나 '공감하는 느낌'으로 이동한
> 것은 아닐까?
> 우정을 떠나 '우정의 느낌으로' 이동한 것은 아닐까?

상대가 보낸 메시지를 보고 그 사람의 마음을 섣불리 짐작하고 판단하고 있다면, 내 마음도 다른 사람에게 같은 방법으로 짐작되고 판단되고 있을 것이다. 카페에 앉아 상대의 마음을 짐작하고 그것도 모자라 친구에게 그 메시지를 해독해달라고 부탁한 그 남자를 유심히 바라보았던 것은 낯설지 않은 내 모습과 오버랩되었기 때문이었을까?

무기력과
뒷담화의 관계

프리랜서로 사회생활을 하면서 내가 언제 다른 사람의 뒷담화를 하는가 생각해보았다. 모든 것을 자기 손으로 통제해야 직성이 풀리는 완벽주의자들과 일할 때이다. 그런데 내가 완벽주의자라고 생각하는 그 사람들이 정말 의논이나 협의가 불가능한 상대일까? 그렇지 않다. 가능한 사람들이다.

그저 내가 다른 일들에서 조율하고 합의하는 데 들이

는 에너지 그 이상을 쓰기 싫은 것뿐이다. 어차피 일을 맡기는 사람들의 주도권을 내가 가져올 수 없다는 것을 아는, 일종의 무기력이랄까? 그 속에는 나의 작은 욕망도 숨어 있다. 그것을 조율하려고 시도할 때 나에게 올지 모를 불이익을 계산하는 것이다. 그 불이익을 감안해본 다음, 쉽고 편한 뒷담화를 선택하는 것이다. 조율하고 합의하는 대신에. 에너지를 더 쓰는 대신에.

회사에서는 어떨까? 동료들과의 대화가 회사나 상사에 대한 뒷담화로 이어지는 것은 퍽 자연스러운 일이다. 그 것은 동료들 사이의 공통된 화제이기도 하고, 자신의 입장을 최대한 보여줄 수 있는 유일한 장이다. 회사 일을 하며 쌓인 스트레스를 푸는 가벼운 오락거리이기도 하다. 그런데 만약 본인이 생각하는 회사의 불합리한 문제들을 나서서 해결할 수 있고, 나를 힘들게 하는 상사나 동료와 어떤 문제에 대해 직접 조율하고 타협할 방법이 있다면 뒷담화의 상당 부분이 줄어들 것이다. 사장이나 힘 있는 임원들이 직원들 뒤에서 뒷담화를 하지 않는 이치와 같다. 그들은 앞에서 하지, 뒤에서 하지 않는다.

가정에서도 마찬가지다. 어린 시절, 어머니는 늘 아버지에 대한 자신의 생각을 나에게 전달(?)했다. 좋은 내용일 리 없었다. 지금은 전세가 상당히 역전되었지만 당시 집안에서 힘이 센 사람은 아버지였다. 어머니는 자신이 할 수 있는 일이 별로 없다고 느꼈을 테고 그 무기력과 스트레스를 뒷담화로 풀었을 것이다. 그럼 아버지는 어땠을까? 아버지는 나에게 어머니에 대해 이렇다 저렇다 말한 적이 한 번도 없었다. 부부 사이에 생긴 문제를 해결할 힘이 본인에게 있으니, 그것을 굳이 어린 자식에게 말할 필요가 없었을 것이다.

모든 험담이 무기력에서 오는 것은 아니다. 그런데 대개는 '현실적으로 내가 뭔가를 할 수 없을 때', '문제를 조율할 방법이나 에너지가 없을 때' 또는 '정면 승부를 하면 오히려 내게 불이익이 올 때' 뒷담화를 하게 된다. 반대로 내가 해결할 수 있고 주도할 수 있는 문제에 대해서는 뒷담화를 별로 하지 않는다. 문제를 해결하는 것이 목표라면 그 시간을 굳이 험담하는 데 쓸 필요가 없기 때문이다.

'험담은 세 사람을 죽인다. 험담의 대상자, 듣는 자, 그리고 말하는 사람까지'라는 탈무드의 유명한 교훈을 굳이 언급하지 않아도 우리는 험담에 대해 이미 잘 알고 있다. 뒷담화나 험담을 공유하는 관계는 어떨까? 회사에서 주로 상사나 회사에 대한 불만을 대화의 주제로 삼았던 사람과는 퇴사 후 인간관계가 잘 이어지지 않는다. 회사에서 둘도 없이 가깝게 지냈더라도 공공의 적이 사라지고 나면 둘만의 공통분모도 사라지기 때문이다. 그들을 오랫동안 결속시켜왔던 회사에 대한 불만, 자신들을 괴롭히는 상사에 대한 분노, 신세 한탄 등은 퇴사 후 1년 이내에 관심사에서 멀어지기 마련이다.

내 주변에는 뒷담화를 하지 않는 두 사람이 있다. 한 사람은 남편이고, 한 사람은 업계 선배이다. 둘의 차이는 남편은 자신과 남을 바라보는 잣대의 품이 넉넉하여 남의 험담을 하지 않고, 선배는 어떤 문제가 발생했을 때 협의하고 조율하는 능력이 탁월하여 남의 이야기 자체를 입에 올리지 않는다는 점이다.

나에게는 품이 넓은 잣대도, 어떤 문제든지 상대와 능숙하게 조율해내는 능력도 없다. 앞으로 뒷담화를 하지 않을 자신도 없고 결심도 하지 않을 것이다. 대신 뒷담화를 할 때 내가 상대에게 들이민 잣대의 품을 생각해보고, 내게 조율할 힘이 있는지 한 번쯤 생각해볼 것이다. 숨어 있는 나의 욕망에 대해서도. 그럼 자연히 나의 뒷담화도 조금은 줄어들지 않을까?

지금은
'우리'가 필요한 시간

현재 우리나라의 100대 기업에서 선호하는 인재의 덕목은 무엇일까? 소통과 협력이다. 과거에는 창의성과 도전 정신이 늘 1, 2등을 다투었다. 갑자기 소통과 협력이 필요한 업무가 늘어난 것도 아닐 텐데, 과거 5위권 밖이었던 덕목이 왜 1위로 뛰어오른 것일까?

창의성과 도전 정신이 '나'라면, 소통이나 협력은 '우리'로 볼 수 있다. '나'가 앞서면 '우리'가 뒤처지는 것이

당연하다. '우리'가 앞서면 '나'는 뒤로 물러나기 마련이고. 회사는 이 둘의 균형을 원하지만 어려운 일이다. 아이디어 많고 머리도 좋은 사람이 소통 능력까지 갖추지 말란 법은 없지만 그런 사람은 드물지 않을까.

인간관계에서도 '나'가 너무 많으면 소통이 어려워지고, '우리'가 너무 많으면 인내와 희생이 뒤따른다. 똑똑한 '나'가 많이 모이면 입은 많지만 귀는 줄어들고, '나'보다 '우리'에만 매달리면 귀는 열리지만 마음속에 말 못 한 억울함이 쌓인다.

도시에서 자란 내가 진짜 공동체 문화를 접할 수 있는 곳은 부모님이 사시는 시골뿐이다. 나는 그곳에서 어렸을 적 살던 동네 골목에서 느꼈을 법한 '우리'를 느낀다. 처음에는 시골집이 어색하고 여러모로 불편하기만 했다. 물론 지금도 다 받아들일 수 있는 것은 아니다. 좋아 보일 때도 많지만 대개는 그저 '바라보는 것'으로 만족하고 싶은 게 솔직한 심정이다.

우선 시골집은 문을 잠그지 않아서 동네 사람들이 수시

로 드나든다. 어쩌다 한 번씩 찾아가는 나조차도 왕래하던 이웃이 안 보이면 따로 안부를 물을 정도이다. 왕래를 자주 하다 보면 서로의 이야기가 아주 상세하게 담장을 넘나든다. 맛있는 것이 있으면 나눠 먹고, 많이 있으면 나눠서 쓴다. 혼자 사는 노인을 그보다 젊은 노인이 돌보고, 마을에 있는 아기들은 동네 사람들의 사랑과 관심을 한 몸에 받는다. 네 일, 내 일의 구분이 적다. 가령 마을회관 앞에 고추를 넣어놓으면 손이 빠른 누군가에 의해 어느새 손질이 끝나 있고, 비가 오면 누군가 우리 집 빨래를 걷어 마루에 올려놓는 일이 빈번하다.

시골에 사는 사람들이 도시에 사는 사람보다 특별히 정이 많아서, 공감 능력이 뛰어나고 이타심이 많아서 그런 걸까? 그렇지 않다. 서로 도우면서 사는 것이 돕지 않는 것보다 이익이라는 것을 아는 것뿐이다. 농사를 짓는 사람에게 이웃은 없어서는 안 되는 중요한 존재이다. 그렇다고 관계 중심의 사회가 무조건 좋다는 말은 아니다. '우리는 하나'라는 사고방식은 그 집단에 들지 못한 사람에게 소외감을 안겨주며, 심할 때는 소리 없는 폭력이 되기도 한다.

　도시에서는 가까운 이웃이 없어도 살아가는 데 별문제가 없다. 능력만 있으면 나 혼자 얼마든지 돈을 벌 수 있다. 회사 생활이나 모든 인간관계에서 '나'보다 '우리'를 앞세워야 이익이 되었다면 우리는 그쪽으로 더 발달했을 것이다. 그런데 그 반대이다 보니 '나'를 우선시하는 감각에 익숙해지고, '나'를 우선시할 수 없는 순간을 잘 견디지 못하는 게 사실이다. 그래서 '나'가 조금이라도 소외되면 금세 상처를 받고 자존감도 떨어진다.

　살다 보면 '나'보다 '우리'가 필요한 순간이 있다. 함께 놀 때, 함께 배울 때, 함께 먹을 때, 함께 일할 때, 함께 살 때, 함께 키울 때 '우리'가 필요하다. 그런데 '우리'에 익숙하지 않다 보니 항상 '나'를 먼저 생각하게 되고, 자존감이나 자기계발에 집중하는 사회적 분위기에 휩쓸려 '나'를 더 내세우게 된다. '나'를 지키지 못하면 바보나 어리숙한 사람으로 취급받기 일쑤인 사회에서 어떤 방법으로든 '나'를 지키려고 노력하는 건 당연하다.

그런데 그것에 너무 애를 쓴 나머지, '우리'가 필요한 순간에도 왜 '나'를 생각해주지 않느냐고 떼를 쓰는 어린 아이가 된다. 또 '우리'가 앞서야 하는 일에서도 '나'가 소외되고 밀려나는 것을 견디지 못해 상처를 받는다. 나를 위해 '나'에게 집중했음에도 불구하고 돌아오는 것은 좌절과 상처뿐이라니.

'나'를 중심으로 살아온 사람이 어떻게 '우리'를 생각할 수 있을까. 그것은 지나친 요구이다. 하지만 그럼에도 인생에는 '우리'를 필요로 하는 순간이 반드시 있다. 이것이 불변이라면 '우리'가 필요한 순간에 '나'를 잠시 미뤄둘 줄도 알아야 한다.

부단히 '나'를 지키며 살아가되, '우리'가 필요한 순간을 판단할 줄 아는 눈을 길러야 한다. 그 기준은 다른 사람이 정해줄 수 없다. '우리가 필요한 순간'을 스스로 결정해야 한다. 그 순간에 '나'를 내려놓으면 잠시 고통스럽고 손해를 볼지언정, 자신의 판단하에 '우리'를 선택했기 때문에 적어도 크게 상처받지 않는다. 이것이 나를 지키고 관계를 지키는 방법이다.

4장

내 삶을 단단하게 하는 말들

,

...

.

"나 그거 잘 몰라"
괜히 아는 척 금지

EBS에서 방영한 다큐멘터리 〈다시, 학교〉에서 또래 아이들에 비해 읽고 쓰는 것을 유독 어려워하는 아이를 보았다. 받아쓰기 시험을 앞두고 낯빛이 점점 어두워지고 어깨까지 푹 꺼지는 아이의 모습이 어찌나 안쓰럽던지. 거기다 시험이 끝난 뒤, 자기 공책에 일일이 빗금을 긋고 있는 게 아닌가. 채점은 선생님에게 받기로 되어 있는데도, 아이는 군이 스스로에게 0점을 매겼다.

아이가 카메라를 향해 말했다.

"아는 것을 틀려서 실망했어요."

그러나 '아는 것'을 틀렸다기에 시험지에는 맞는 글자가 거의 없었다. 아이도 그것을 알고 있었던 것 같다.

다행히 아이는 선생님과 부모님의 도움을 받고, 무엇보다 스스로 노력해서 약 6개월간 따로 읽고 쓰기를 공부했다. 얼마 뒤, 아이가 받아쓰기 점수를 받아 들고 좋아하는 모습이 나왔다. 결과는 90점.

왜 틀린 것 같으냐는 질문에, 아이는 더 이상 '아는 것'을 틀렸다고 말하지 않았다. 대신 틀린 이유를 또박또박 분명하게 말했다.

"ㅏ, ㅣ로 썼어요. ㅓ, ㅣ인데."

그러고는 누가 시키지도 않았는데 틀린 단어를 복습했다. 나는 그 아이를 보면서, 몇 년 전 참석했던 한 강의에서 얼굴을 붉혔던 일을 떠올렸다.

강의가 끝나고 질문을 하는 시간이었다. 내 질문에 강연자가 조금 강한 어조로 다시 물었다.

"그래서 질문하시는 게 뭐예요?"

나는 강연자의 나무라는 말투에 당황해서 마저 다 물어보지 못하고 마이크를 내려놓았다. 스무 명 남짓한 소수가 모인 강의실에서 모든 시선이 나에게 쏠렸고, 나는 그 순간 땅으로 꺼지고 싶을 정도로 얼굴이 확 달아오르는 것을 느꼈다.

사실 나는 그날 강의 내용이 전혀 이해되지 않았다. 그러면 잘 모르겠다고 깔끔하게 물었으면 좋았을 텐데, 어쩌다 아는 척과 잘난 척을 섞어서 질문했고 그게 강연자의 비위를 건드린 모양이었다. 강의가 끝나고 집으로 향하는 내내 달아오른 얼굴은 식을 줄을 몰랐다.

철학자 소크라테스는 자신이 아테네에서 가장 현명한 사람이라고 했다. 스스로를 똑똑하다고 생각하는 사람들을 여럿 만났는데, 그들은 자신이 무엇을 모르고 있는지조차 모른다고 했다. 적어도 소크라테스 자신은 스스로가 무지하다는 것을 알고 있으니 그들보다 현명한 거라고.

'모르는 것을 아는 척하는 마음'은 어떤 것일까? 주인공이 되고 싶은 마음, 남들에게 잘 보이고 싶은 마음, 모르는 나를 들키고 싶지 않은 마음, 주목받고 싶은 마음, 다른 사람을 이기고 싶은 마음일 것이다. 이 모든 것 중에 나를 위한 마음은 하나도 없다. 모두 남을 의식하는 마음뿐이다.

그렇다고 모르는 것을 아는 척하고 싶은 마음이 나쁜 걸까? 나쁘지 않다. 다만 모르는 것을 아는 척하려면 에너지가 많이 필요하다. 작은 것을 크게 부풀려야 하고, 때로는 거짓말을 해야 한다. 가슴은 쿵쾅거리고, 매번 주목받는 부담감도 견뎌야 한다.

모르는 것을 아는 척하다 보면 잃어버리는 것도 있다. 모르는 것을 알아가는 기회를 영영 놓치게 된다. 아는 척을 계속하다 보면 자신이 그것을 정말 알고 있다고 착각하기 때문에 그것에 대해 알려고 노력하지 않게 된다. 귀동냥으로 대충 주워들은 지식이나 정보를 번지르르하게 꾸미는 말 기술만 는다.

또 무엇을 잃어버릴까? 자존감을 잃어버린다. 어떤 것을 잘 모르는 진짜 나는 계속해서 뒤로 밀려나고, 아는 척하는 가짜 내가 앞서게 된다. 그러면 자연히 나 자신에 대한 사랑이나 존중은 희미해질 수밖에 없다. 어떻게 '모르는 나'가 '아는 나'보다 더 사랑스러울 수 있겠는가.

진짜 나를 찾고 사랑하기 위해서는 모르는 것은 모른다고 말할 수 있어야 한다. 잘 못하는 것은 잘 못한다고 말해야 한다. 그 말을 하면 희한하게 자존감이 올라간다. 적어도 아는 척할 때만큼 떨어지지는 않는다.

오늘 만나는 모든 낯선 것들에게 좀 뻔뻔하게 말해본다.

"나 그거 잘 몰라."

"하차할게요"
오르고 내리기를 반복할 수 있는 힘

개그우먼 김숙이 〈대화의 희열〉이라는 프로그램에서 압박감이나 스트레스를 어떻게 관리하느냐는 질문을 받고 이렇게 대답했다.

"저는 피하면 되더라고요. 압박감이 느껴지는 곳에 안 가요. 저는 떼로 나가서 자기 멘트를 해야 하는 프로를 안 했어요. 거기만 갔다 오면 제 모습

이 초라해지는 거예요. 그래서 자존감 떨어지고
멘탈이 확 망가지는 프로그램은 안 나갔어요."

'걸크러시', '가모장숙', '갓숙'이라는 수식어로 제2의
전성기를 누리고 있는 그녀가 자존감을 지키기 위해 불편
한 상황을 피한다니 좀 의외였다. 그녀라면 남들 눈치 안
보고 자신만의 방식으로 문제를 헤쳐나갈 것 같은데. 그
날 패널로 출연한 소설가 김중혁의 말이 아니었다면 내
생각은 그 의아함에서 멈췄을 것이다.

"저는 김숙 씨 말 중에 제일 좋아하는 말이 '하차
할게요'예요. 어떤 프로그램을 하려다가 갑자기
'그럼 제가 하차할게요'라는 얘기를 되게 쉽게 해
요. 자기가 재미없으면 하차할 수 있는 마음이 저
는 중요하다고 생각해요."

그러자 자신에 대한 이야기를 옆에서 가만히 듣고 있던
김숙이 "제가 하차가 많이 됐거든요"라고 말했고, 나는

그 순간 아차! 했다. 내가 몰랐던 그녀의 진짜 힘은 '수많은 하차'에서 비롯된 것이었다. 그래서 자존감이 떨어지는 곳은 피하고, 자신과 맞지 않으면 하차하겠다고 당당히 말할 수 있었던 것이다.

하차하고 승차하기를 반복할 수 있는 힘, 하차한 뒤에 다시 승차할 기회를 기다리는 힘, 승차했어도 언제든지 하차할 수 있는 힘, 그리고 그 과정을 통해 자기만의 색깔에 가까이 가는 힘이었다. 그게 그녀만의 '멋짐'이었다.

어떤 일을 그만두어야 할 때가 있다. 어떤 사람과 헤어져야 할 때도 온다. 때로 앞으로 나아가지 못해 어디쯤에서 멈춰야 한다. 들어가려 했다가 돌아서야 할 때도 있다. 우리는 이 모든 일에 '실패', '끈기 부족', '후회' 같은 부정적인 말을 갖다 붙인다. 그래서 종종 그만해야 할 때 용기를 내지 못하고 나락으로 떨어진다. 인내심 강하고 끈기 있는 사람으로 보이고 싶어서 끝까지 자신을 괴롭힌다.

우리는 인생이라는 열차에 타고 있다. 그런데 하차가 두려워 거기에서 한 번도 내리지 않으면 계속 같은 풍경만 보게 된다. 생각만 해도 지루하다. 그런데 그보다 더 끔찍한 것은, 그 풍경을 자기 인생이나 색깔로 굳게 믿으며 살게 되는 것이다. 그러니 어떤 일을 하다가 브레이크를 걸어야 할 때가 오면, 포기하는 것이 아니고 다른 경험을 시작하려는 것이라고 생각하자. 그리고 김숙처럼 가볍게 말하는 거다.

"저 이만 하차할게요."

다시 새로운 열차에 승차해서 새로운 풍경과 마주할 수 있도록.

"가끔 해 먹기도 해"
지친 나를 돌보는 법

〈냉장고를 부탁해〉라는 프로그램에서 배우 김민준의 냉장고가 소개된 적이 있다. 혼자 자취를 한다는 그의 냉장고에는 민트 젤리, 송로버섯으로 만든 꿀, 인도 향신료인 마살라, 스페인 햄인 하몽 등 백화점에 가도 보기 힘든 식재료들이 가득했다. 자신의 냉장고를 보고 놀라는 사람들에게 그가 말했다.

"비싼 거는 아닌데 제 입맛에 맞거든요. 하몽이
랑 바게트로 간단하게 먹을 때 (송로버섯 꿀) 발라
먹어요. 자취생이 혼자 간단하게 먹을 때 자존감
이 무너질 때가 있잖아요. 그럴 때 하몽도 잘라 먹
고……."

그의 말에 비싼 식재료를 살 능력이 없는 자신이 초라
하게 느껴진다면 당신은 집에서 요리를 하지 않는 사람일
가능성이 크다. 반대로 그의 말에 고개를 끄덕인다면 적
어도 당신은 자신을 위해 요리를 해본 사람일 것이다. 어
떤 음식 냄새가 당신의 마음에 평화를 가져다주는지, 어
떤 맛이 눈웃음을 짓게 하는지 알 테고.

SBS 〈힐링캠프〉에 출연한 가수 이효리는 과거에 심한
스트레스로 상담을 받은 적이 있다고 털어놓았다. 몇 가
지 테스트를 마치고 의사의 말을 듣고 나자, 스스로가 너
무 불쌍했다고 한다.

"나 자신에게 한 번도 관심을 가져본 적이 없다는

걸 알았어요. 밖에 나갈 때 사람들이 보는 모습은
잘 치장하는데, 집은 늘 난장판이었어요. 제가 먹
을 음식 하나 제 손으로 사본 적이 없고, 집에 있
는 오븐이나 식기세척기도 한번 써본 적 없고. 냉
장고는 항상 텅 비어 있고……."

두 사람의 말을 들으면 자기 자신을 사랑하고 돌보는
방법이 멀리 있지 않음을 알게 된다. 거창한 것도 아니고
돈이 많이 드는 일도 아니다. 자신이 매일 하는 일에 시간
을 들이고 정성을 기울이는 것이다. 우리의 일상을 돌볼
수 있는 일들이 너무 많아서 일일이 나열할 수는 없지만,
그중에서도 가끔 한 번씩 자신을 위해 요리를 해볼 것을
권한다.

나는 음식을 잘하는 편은 아니지만, 평소에는 물론이고
손님이 올 때도 음식을 직접 한다. 할 줄 아는 음식을 최
대한 만들어 먹는다. 그러다 보니 외식을 싫어하는 것은
아닌데, 횟수가 적은 편이다. 그러면서 내가 좋아하는 냄
새와 맛을 점점 알아가게 되었다. 나는 토마토 끓이는 냄

새를 좋아하고, 멸치와 다시마로 낸 국물이 맛있다. 밥을 먹을 때는 단백질 반찬이 하나쯤은 있기를 바라고, 나물 반찬에는 꼼짝을 못 한다. 그렇게 소울 푸드도 하나둘 생겨났다.

최근 남편과 함께 산티아고 순례길을 다녀온 친구가 있다. 그곳에서 우연히 만난 사람에게 스튜를 한 그릇 얻어먹었다고 한다. 친구는 하루 종일 걸어 지친 터라 따뜻한 음식이 들어가니 참 좋았는데, 함께 먹던 남편의 표정을 보고 한국에 가면 집밥을 더 자주 해주어야겠다고 마음먹었단다. 이유를 물었더니, 그때 남편의 모습이 어느 때보다 평화로워 보였기 때문이라고.

세상에는 맛있는 음식이 참 많다. 매일매일 가도 다 못 먹을 정도로 맛집은 끝이 없다. 아마 지금 이 순간에도 인생 맛집이 생겨나고 있을 것이다. 반조리 식품이나 배달 음식의 진화는 혀를 내두를 정도로 빠르다. 집밥의 맛으로는 그것들과 승부할 수 없다. 하지만 나 자신을 위해 시간을 들이고 정성을 기울이는 마음은 외식의 모든 장점을 뛰어넘는다.

나는 당신이 '밥은 어떻게 먹느냐'는 누군가의 물음에 이렇게 대답하는 사람이었으면 좋겠다.

"밥은 어떻게 먹어?"
"거의 사 먹지. 그래도 가끔 집에서 해 먹기도 해."

"난 네가 좋아"
거절이 두렵지 않은 이유

캐나다 매니토바대학에서 학생들을 대상으로 이성에게 호감을 표현할 때 자존감이 어떤 영향을 미치는지 조사했다. 우선 전체 학생들의 자존감 정도를 파악한 뒤에, 두 집단으로 나눠 영상 속 이성들과 만나도록 했다. 단, A집단에게는 상대방이 마음에 들면 실제로 만날 수 있다고 말하고, B집단에게는 영상을 통해서만 대화할 수 있다고 했다. 결과는 어떻게 나왔을까?

자존감이 높은 사람은 영상 속 이성을 실제로 만날 수 있다고 했을 때 더 적극적으로 호감을 표시했고, 자존감이 낮은 사람은 영상으로만 만날 수 있다고 했을 때 더 적극적이었다.

자존감이 높든 낮든 이성에 대한 호기심은 다르지 않다. 고백하고 싶은 마음도 같다. '거절'이 두렵기도 마찬가지일 것이다. 그럼에도 자존감이 낮을수록 거절을 두려워하는 마음이 더 크다는 것이 이 실험으로 다시 한번 확인됐다. 영상으로만 만날 수 있어서 거절당할 리 없는, 안전이 확보된 사람에게만 적극적으로 호감을 표현하는 모습이 어쩐지 짠하다.

자존감이 높은 사람들의 고백은 뭐가 다를까? 많은 이들의 인생 드라마가 된 〈검색어를 입력하세요 WWW〉의 남자 주인공이 썸이 시작되기도 전에 뒷걸음질 치는 여자 주인공을 지그시 바라보며 고백한다.

"내 연락 받아요. 문자에 답장해요. 나오라고 하면 나와요. 밥도 같이 먹고 술도 같이 먹읍시다.

(……) 스물여덟은 이래요. 열정은 무한하고 지금

내 열정의 주인은 나예요."

최근에 본 드라마나 영화를 통틀어 최고의 고백 장면이라 부르고 싶다. "내 열정의 주인은 당신이에요"라고 말하지 않고 "내 열정의 주인은 나예요"라고 말해서다. 이 말이 흔한 고백들과 다른 점이다. 그는 상대방에게 정 안 되면 어장에라도 들어가서 버텨보겠으니 떡밥만 잊지 말아달라고 부탁한다. 아, 어째서 스스로 어장으로 걸어 들어가겠다는 남자의 표정이 조금도 비굴하지 않은 것인지.

그렇다. 자존감이 높은 사람은 좋아하는 감정과 그것을 느끼고 있는 자신을 낮추지 않는다. 좋아한다는 이유로 약자가 되지 않는다. 상대방을 좋아하고 사랑하지만 그 주체가 자기 자신임을 잊지 않는다. 그래서 고백하면서 "내 열정의 주인은 나예요"라고 말한 남자 주인공이 멋있어 보인 것이다.

나는 고백을 받기보다 하는 편이었다. 솔직히 말하면 7대 3의 비율로 고백을 더 많이 했다. 그렇다고 아무한테

나 고백한 것은 아니었다. 심사숙고해서 길게는 1년을 기다렸다가 고백한 적도 있다. 그토록 오래 공들인 고백의 결과는 '거절'이었다. 몇 번의 '거절'을 통해 알게 된 것은 '내게 그를 좋아할 자유가 있는 것처럼, 그에게도 나를 좋아하지 않을 자유가 있다'는 것이었다. 물론 '거절'이 힘들고 아프지 않았던 것은 아니지만, 그 뒤로도 나의 고백은 계속되었다.

고백하자. "난 네가 좋아." 지금 당신 마음에 있는 그 사람에게 고백하자. "난 네가 좋아." 거절은 아프지만 그는 그럴 만한 자격이 있는 사람이다. 내 고백의 주인이 나인 것처럼.

"내가 도와줄게"
될지 안 될지 잘 모르지만

루시 모드 몽고메리의 소설 《빨간 머리 앤》은 고아원 출신의 소녀 앤 셜리가 나이 든 남매가 사는 초록 지붕 집으로 오면서 시작된다. 매슈와 마릴라는 농사일을 도와줄 남자아이를 입양하려고 했지만, 도중에 일이 꼬이는 바람에 앤이 오게 된다. 기차역으로 마중을 나간 매슈는 여자아이를 보고 일이 잘못되었다는 것을 깨닫지만, 그곳에 아이를 혼자 둘 수 없어 일단 집으로 데려온다.

그날 밤, 매슈는 앤을 고아원으로 다시 보내자는 마릴라의 말에, 앤이 초록 지붕 집에 살고 싶어 하는 것 같다고 말한다. 우물쭈물하긴 했지만 평소 자신의 생각을 잘 드러내지 않던 매슈로서는 대단한 용기를 낸 것이리라. 하지만 마릴라는 단호했다.

"저 아이가 우리에게 무슨 도움이 되겠어요?"

마릴라의 말은 현실적으로 옳았다. 애당초 매슈의 농사일을 도와줄 남자아이가 필요했던 거니까. 그런데 매슈는 한결 차분한 목소리로 이렇게 말한다.

"우리가 저 아이에게 도움이 될지도 모르잖아."

남을 돕는 일은 누구보다도 나 자신을 위하는 행위이다. 그다음이 상대방이다. 내가 그렇게 할 수 있는 사람이라는 것을 스스로에게 가장 먼저 보여주니까. 게다가 왠지 모를 뿌듯함과 존재감도 느낄 수 있다. 앤이 마릴라와 매슈의 도움으로 더없이 행복하게 산 것은 맞지만, 그에 못지않게 두 남매도 타인을 돌보고 사랑하며 가슴 벅찬 경험을 할 수 있었다.

　그러나 제아무리 좋은 마음으로 남을 돕는다고 해도 그 것이 언제나 선(善)이 되지는 않는다. 그런 의미에서 매슈 의 말이 얼마나 성숙한 어른의 마음인지 알게 된다. 도움 이 될지 안 될지 잘 모르지만, 그래도 해보자는⋯⋯. 상대 에게 보탬이 될지 안 될지 우리는 잘 모른다. 부담이나 상 처가 되지 않으면 다행이다.

　한번은 어떤 모임에 갔는데 수녀님이 가방에서 떡을 꺼 내 나눠주셨다.

　"○○ 씨가 여러분 드리라고 주신 맛있는 떡인데요, 여 기 오다가 버스 정류장에서 어떤 분께 드려서 몇 개 안 남 았네요. 떡을 드려도 되느냐고 물었는데 다행히 받아주셨 어요."

　떡을 받은 사람은 거리에서 만난 노숙인이었다. 나는 수녀님의 말을 들으며, 나의 도움을 받아주는 게 고마운 일이라는 것을 처음 알게 되었다. 그저 돕는다는 나만의 기쁨에만 사로잡혀 있었으니까.

　"내가 도와줄게"라고 말할 수 있다는 것은 당신의 많

은 것을 증명해준다. 무엇보다 그 모습을 당신 자신이 바라보고 있기 때문이다. 잊지 말아야 할 것은 우리의 마음을 내치지 않고 받아준 상대에 대한 감사이다. 그 고마움을 잊지 않아야 훗날 나도 모르게 품게 되는 보상 심리에서 자유로울 수 있다. "내가 도와줄게"가 "내가 너한테 얼마나 잘해줬는데"가 되지 않기 위하여.

그렇게 된다면 우리는 남을 도우며 행복할 수 있다.

"나 자신요"
나도 내가 참 좋아

우주 대스타가 되고 싶어 남극에서 온 펭수, 그는 한국의 한 방송사 연습생으로 활동 중이다. 펭수의 영상을 한 번도 못 본 사람은 있어도, 한 번만 본 사람은 없을 정도로 중독성 있는 캐릭터이다. 열 살의 정체성은 잃지 않으면서 힘들 때 마냥 기대고 싶은 의젓함, 귀여움을 유지하면서도 누구에게든 할 말 다 하는 솔직함이 펭수만의 매력이다.

　무엇보다 자기 자신을 아끼고 사랑하는 펭수의 모습에

사람들은 위로를 받고 대리 만족을 느낀다. 그런 펭수에게 인기 비결과 그의 롤모델을 물어보았다.

Q. 당신만의 매력이 뭐라고 생각하세요?
A. 나 자체.

Q. 롤모델이나 이상형이 누구예요?
A. 나 자신요.

Q. 인기 비결이 뭐예요?
A. 나 자신요.

한 번도 상상하지 못했던 대답이었다. 매력, 인기 비결, 롤모델이 모두 자기 자신이라니. 펭수의 짧은 이 한 마디는 수많은 전문가들이 우리에게 알려주려 했던 자존감의 정의보다 훨씬 더 강력하게 다가온다.

누군가 나의 매력이나 장점을 묻는다면, 나는 내가 가진 것 중에서 가장 좋은 것, 또는 남들이 인정해준 것을 말할 것이다. 롤모델이나 이상형은 어떤가. 나보다 잘나고 뛰어나다고 생각하는 사람을 꼽을 것이다. 너무 멀리 있어서 나로서는 도저히 닿을 수 없는 실현 불가능한 인물일 테고. 그런데 그렇게 되려고 노력할수록 롤모델에 가까워지기보다, 같아질 수 없음에 좌절하고 그런 자신을 점점 비하하게 된다.

내가 롤모델로 생각하거나 남들이 인정해주는 모습은 수많은 나의 모습 중 일부이다. 그것들 중에 어느 것은 좋고 어느 것은 싫다면, 나를 바라보는 남들과 나 자신이 다를 게 없다. 적어도 나를 바라보는 나는 남들과 달라야 하지 않을까? 나이니까 나를 그대로 받아들여야 하지 않을까? 평가하지 말고, 선택하지 말고, 다른 사람과 같아지려 하지 말고.

펭수도 실패하고 좌절한다. 불안하고 초조한 마음에 작은 날개를 파드닥거린다. 화도 내고 속상해서 눈물을 흘리기도 한다. 우리와 좀 다른 점이 있다면, 펭수는 스스로를 좋은 점과 나쁜 점으로 나누어서 보지 않는다는 거다. 펭수는 자기 자신을 펭수로 바라봐준다. 이것이 펭수가 우주 대스타인 진짜 이유이다.

나도 어떤 질문에 1초의 망설임 없이 "나 자신요"라고 말할 수 있으면 좋겠다. 아니지, 나도 나만의 대답을 찾아야지.

5장

말로 나를 지키고
관계를 지키는 대화법

,

...

.

때로는 다른 사람의
기대를 저버리고

우리는 주변 사람들에게 관심을 갖는다. 그런데 그 관심은 관심에서 멈추지 않고 늘 '판단'으로 이어진다. 칭찬을 할 때도, 격려나 조언을 할 때도 각자가 정해놓은 기준으로 한다. 다른 사람의 말을 과도하게 판단하고 평가하는 것은 좋지 않다. 누구나 아는 사실이다. 그러나 아무도 그것에서 자유로울 수 없다. 생각하고 표현하는 것 자체가 판단이며 평가이기 때문이다.

칭찬이나 조언을 하는 동안에도 우리는 상대를 '판단'한다. 그 판단은 나쁜 것도 아니고 좋은 것도 아니다. 그 판단 때문에 상처를 받기도 하지만, 반대로 평생 기억에 남을 만한 좋은 말이 되기도 한다. 그런데 말은 하는 사람이 주인이 아니고 듣는 사람이 주인이라, 제아무리 상대방을 만족시키기 위해 애써도 그것이 약이 될지 칼이 될지는 듣는 사람에게 달려 있다.

언젠가 오래전에 함께 일했던 디자이너에게서 연락이 왔다. 자주 연락하는 사이가 아니라 무척 반가웠는데 그녀가 갑자기 이런 말을 꺼냈다.

"옛날에 저에게 해준 말 기억나세요? 글자 수정한 뒤에 그냥 넘어가지 말고 한 번 더 읽어보라고 했던 거요. 지금까지 잘 지키고 있어요. 정말 고맙습니다."

여기서 말하는 '글자 수정'이란 편집자가 교정한 원고를 디자이너가 인디자인 프로그램으로 옮기는 작업을 말한다. 이때 편집자도 교정을 잘 봐야 하지만, 그것을 옮기는 디자이너의 정확성도 중요해서 둘의 합이 요구되는 프로세스이다.

내가 한 말이라고 하니까 그런가 보다 했지만 전혀 기억이 나지 않는 말이었다. 아마도 당시 내가 어설픈 조언을 했던 모양인데, 10년도 전에 들은 말을 지금껏 기억하는 게 신기했다. 또 당시 어쭙잖은 충고에 "그 말 무슨 뜻이에요? 내 수정이 그렇게 엉망이에요? 너나 잘하세요"라고 말했어도 나는 할 말이 없었을 것이다.

한번은 이런 일도 있었다. 갑작스러운 선배의 호출에 일을 급하게 마치고 나갔는데, 선배가 좀 황당한 일을 당한 거다. 회사에서 친하다고 생각한 사람이 자신의 험담을 여기저기 하고 다녀서 회사를 그만둘까 고민이라고 했다. 긴 히스토리를 들어보니 정말 황당무계했다. 나는 내가 할 수 있는 위로와 충고, 조언을 뒤죽박죽 늘어놓았다. 집에 갈 시간이 되자 선배가 씩씩한 목소리로 말했다.

"네 말대로 그를 아픈 사람이라고 생각할래. 고마워."

내 입장에서 훨씬 괜찮다고 생각했던, 더 건설적이고 이성적인 위로와 조언은 다 무용지물이 된 순간이었다. 결국 선택된 것은 저 한 마디였다. 그랬다. 상대의 귀에 들어가 마음까지 가는 길은 내가 아니라 상대가 내는 것이다. 내가 아무리 조언을 잘해도(또는 못해도) 그것을 돌멩이나 다이아몬드로 만드는 것은 듣는 사람이다.

최근 한 친구와 같은 주제로 여러 번 대화를 나눈 일이 있었다. 친구가 어려움을 겪고 있어서 우리는 몇 달 동안 그 일로 이야기를 많이 나누었다. 친구는 내게 자주 의견을 물어왔다. 그러던 어느 날, 친구가 말했다. 오래 고민한 듯했다.

"나한테 해주는 조언은 고마워. 그런데 저번에 그 말은 좀 서운하더라. 네 마음은 알지만."

나는 친구의 말에 속이 상해 "그런 게 아닌데"라고 얼버무렸지만 이미 내 말은 심폐소생술이 불가능한 것이 되어 있었다.

세 가지 에피소드에서 이미 확인했겠지만, 내 말들은 내 의지와 전혀 상관없이 각자의 길에 가 있었다. 내가 생각한 방향과 다른 곳으로 가서 도움이 되기도 하고 상처가 되기도 했다. 내가 들었던 수많은 말들도 아마 그런 식으로 냉탕과 온탕을 오갔을 것이다.

　그렇다면 상대의 기분이나 감정에 맞추느라 애를 쓸 필요가 있을까? 아니, 다른 사람의 기대에 부응하는 말을 할 수나 있는 것일까? 내가 아무리 진심을 다해 말했다 해도 그 마음이 그대로 전달되기란 어렵다. 상대의 입맛을 맞추려고 하면 할수록, 더 친밀하게 밀착할수록 그 사이에 알 수 없는 균열만 생긴다.

　다른 사람의 말을 들을 때도 마찬가지다. 그 말은 내 안으로 들어와서야 완성된다. 그것에 상처를 받든 또 도움을 받든 그것은 그 사람 때문이 아니라 어디까지나 내 의지의 문제이다. 물론 의도를 갖고 상처 주는 말을 하는 사람은 적절히 응징(?)해야겠지만, 악의를 품고 말하는 사람이 우리 주변에 몇이나 될까? 누구나 자기만의 선의에서 말을 하는 게 아닐까?

이제 우리가 할 일은 하나뿐이다. 다른 사람의 기대는 과감히 저버리고, 나의 말을 하는 것이다. 내 말이 상대에게 가서 잘되고 못되는 것은 다 그 말의 운명이다. 내게는 그 운명까지 좌지우지할 힘이 없다. 정직하고 진실하며 다른 의도가 없다면, 내 말은 있는 그대로 가치가 있다.

나를 검열하는 데
에너지를 쓰지 않기

우리 주변에는 자신의 생각을 있는 그대로 말하거나 아무 말 대잔치를 해서 다른 사람에게 상처를 주는 사람들이 있다. 한마디로 뇌에서 필터링을 거치지 않고 말하는 사람들이다. 이런 사람들과 이야기를 나누다 보면 금세 불쾌해지고 그 자리에서 빨리 벗어나고 싶은 마음이 든다. 그런데 그 필터링이 너무 촘촘해서 문제인 사람도 있다. 촘촘한 것도 모자라 A를 만날 때는 A필터, B를 만날 때는

B필터를 장착하여 어느 것이 그 사람의 진짜 모습인지 잘 모를 정도이다. 그러는 사이 마음 안에는 해소되지 않은 감정의 찌꺼기들이 먼지처럼 켜켜이 쌓여간다. 여기서 말하는 필터링이란 자기 검열이다.

우리는 왜 자신의 생각과 감정을 검열하면서 말할까? 매 순간 타인의 시선을 의식하고 있기 때문이다. 태어나 가장 먼저 마주하는 타인은 '부모'이다.

"그런 말 하면 못써."

한 사람의 어린 시절은 부모의 말과 행동에 지배된다. 성인이 되어 새로운 세상과 사람들을 향해 나아가면서도 부모가 심어준 검열 기준에서 완전히 벗어나지 못한다. 그다음은? 학교, 선생님, 회사, 상사, 종교, 돈과 권력 등이 정해놓은 기준에서 벗어나지 않는 말에 길들여진다. 특정 인물이나 집단이 용인하는 말만 하다 보면, 솔직한 내 생각과 감정을 말해야 하는 순간에도 심리적으로 위축되어 제대로 입을 떼지 못한다. 또 타인이 정한 기준에서 벗어나지 않기 위해 나의 힘을 과도하게 써버린다. 그렇게 하지 않으면 당장에 큰일이 일어날 것만 같은 불안과 두려움 때문이다. 여기서 큰일이란 불이익, 손해, 민폐, 이미지 손상 등이다.

마고 선더랜드가 쓴 《감정을 숨기는 찬이》에는 늘 자신의 감정을 숨기는 주인공 찬이가 나온다. 찬이는 화가 나고 짜증이 날 때마다 감정을 숨긴 채 늘 "괜찮다"고 말한다. 놀이터에서 그네를 독점하는 친구에게도 "괜찮아", 웅덩이에 빠지는 바람에 온몸이 축축해져 기분이 안 좋을 때에도 "괜찮아", 짜증이 날 때도 "괜찮아"라고 말하며 자신의 진짜 감정은 옷의 주머니, 양말, 양 볼에 꾸역꾸역 집어넣어 숨긴다. 그래서 찬이는 온몸이 울퉁불퉁 튀어나와 있고 얼굴은 늘 울상이다. 어딘지 모르게 위축되어 있고 자신 없는 얼굴이다. 말로는 늘 괜찮다고 하지만 전혀 괜찮아 보이지 않는다.

누군가 찬이에게 숨겨놓은 감정을 꺼내보라고 하자, 찬이는 그럴 수가 없다고 말한다.

"내 안에 울지 않은 눈물이 너무 많아. 그 감정들을 꺼내놓으면 엄청난 홍수가 일어날 거야. 내 안의 분노를 꺼내놓으면 엄청난 산불이 일어날 거야."

다행히 찬이는 그 누군가의 도움으로 자신의 감정을 터뜨리고 마침내 이렇게 말한다.

"나 안 괜찮아."

무슨 일이 일어났을까? 홍수가 났을까? 엄청난 산불이 났을까? 찬이가 걱정한 일은 하나도 일어나지 않았다.

우리 안에도 찬이의 것과 같은 걱정들이 있다. 나의 말을 검열하지 않으면 상당한 불이익이 올 것 같은 두려움이다. 그러나 자신도 모르게 의식하고 있는 대상이나 집단은 내가 생각하는 것만큼 대단하지 않으며 나에겐 별 관심도 없다. 또한 나 스스로가 만들어놓은 필터는 허상일 때가 많다.

우리의 부모님들은 자녀가 자신들을 꼭 닮기를 원할까? 그렇지 않다. 그들은 자녀가 자신들보다 더 나은 삶을

살기를 바란다. 학교와 선생님은 나의 사소한 말 따위에
는 관심이 없다. 직장 상사 중에는 눈치 보고 수동적으로
행동하는 후배를 좋아하지 않는 사람도 있다. 종교는, 아
니 신은 인간을 검열할 리가 없다.

이탈리아의 화가 라파엘로가 그린 〈아테네 학당〉은 고
대의 모든 학자들을 한자리에 모아놓은 그림이다. 이 그
림의 가운데쯤 앉아 있는 사람이 고대 그리스의 철학자
디오게네스이다. 그는 당시 괴짜 철학자로 통했고 "욕심
을 버리고 인간의 자연스러운 욕구를 만족시키며 사는 게
행복"이라고 말했다. 그러니 돈과 권력에는 관심이 전혀
없었다.

하루는 알렉산드로스 3세 대왕이 디오게네스를 찾아왔
다. 디오게네스는 한가로이 일광욕을 즐기는 중이었다.

"나는 알렉산드로스, 대왕이다."

"나는 디오게네스, 개다."

"내가 무섭지 않은가?"

"그대는 선한가?"

"그렇다."

"무엇 때문에 선한 당신을 두려워하겠는가?"

그 말을 들은 왕이 디오게네스에게 원하는 것을 말해보라고 하자, 그가 말했다.

"햇빛을 가리니 비켜주시오."

디오게네스의 말에 왕의 신하들은 무례한 그를 처벌해야 한다며 흥분했다. 하지만 왕이 그들을 말리면서 이렇게 말했다.

"만일 내가 알렉산드로스가 아니었다면 디오게네스가 되고 싶다."

나는 어떻게 말을 하고 있을까? 찬이처럼 생각과 감정을 숨기고서 연인이나 친구들에게 "괜찮아"라고 말하고 있을까? 아니면 디오게네스처럼 부모나 상사에게 "비켜!"라고 말하고 있을까? 내 생각과 감정을 숨기고 있다면, 그래서 마음이 울퉁불퉁해진 상태라면 자신을 검열하는 필터를 조금 느슨히 하는 것이 좋겠다. 내가 하고 싶은 말과 감정을 표현해도 아무 일도 일어나지 않는다는 것을 굳게 믿고서. 디오게네스처럼 말이다.

All or Nothing에서 벗어나기

...

•

중학교 1학년 때 친한 친구가 있었다. 그 친구는 머리부터 발끝까지 언제나 단정했다. 헤어스타일은 깔끔한 짧은 단발, 얼굴은 흰 편이었다. 말씨는 부드럽기가 이를 데 없고, 욕이나 흔한 은어도 쓰지 않았다. 나는 그 친구가 무조건 좋았다. 말에 예민하고 감수성 풍부했던 어린 시절의 나와 친구가 되기에 안성맞춤인 아이였다. 그렇게 둘이 꼭 붙어 다니던 어느 날, 그 친구가 나에게 절교를 선언했다.

이유는 내가 '나쁜 말'을 했기 때문이었다.

"재수 없어."

내가 왜 착하고 고운 친구에게 그 말을 했는지 이유는 기억나지 않는다. 친구를 잃어 속상했던 감정만 어렴풋이 생각난다. 말 한 마디 때문에 절교를 당한 건 너무 충격이었다. 그 친구는 1년 동안 나와 말을 하지 않았다. 결국 졸업할 때쯤 되어서야 어색하게 입을 뗐고 우리는 각자 다른 고등학교로 갔다.

어른이 된 우리는 아이들처럼 "절교해"라고 말하지 않는다. 하지만 속마음은 모를 일이다. 속 시원한 절교를 매일 꿈꾸고 있을지도.

"너랑은 이제 끝이야."

지금 당장 속 시원하게 누군가의 뒤통수에 대고 이 말을 할 수 있다면 그 상대는 누가 될까? 이도 저도 아니게 애매한 밀당만 하려 드는 썸남, 나만 괴롭히는 것 같은 상사, 처음과 달리 나에게 도통 관심이 없는 여자 친구, 자기 필요할 때만 연락하는 십년지기 단짝 친구, 친자식이 맞는가 싶게 모진 말을 퍼붓는 부모, 만나면 자기 자랑만 늘어놓는 친구……. 우리에겐 이런 사람들을 안 보고 살 자유가 있다. 안 보고 살아도 된다.

하지만 우리가 그 사람들과 같이 가는 이유는 절교하고 싶은 몇 가지 이유보다 나에게 이로운 점이 더 많기 때문이다. 그 점 때문에 당장 "너랑은 이제 끝이야"를 외치지 않을 뿐이다.

인간이 태어나 무슨 대단한 일을 하는 것 같지만 삶은 '생로병사' 네 글자가 전부라고 한다. 그런데 저 생로병사의 사이사이를 메우는 것이 바로 인간관계이다. 그것을 풀어가는 것이 인간의 숙명이자, 성숙으로 가는 유일한 방법이다. 그렇다 보니 인간관계를 잘 유지하는 노하우가 참으로 다양하다.

인간관계를 잘 유지하기 위한 방법으로 '사람 사이의 선 혹은 거리를 지키라'는 솔루션이 자주 등장한다. 맞는 말이다. 사람 사이의 거리가 너무 밀착되어 있으면 문제가 생긴다. 그런데 선을 그으라고 해서 그 사람의 좋은 점과도 거리를 두다가 뜻하지 않게 사이가 멀어지는 일도 있다. 사람에게는 저마다 몇 가지쯤 부족한 면이 있는데,

그것에만 집중하거나 선을 긋다 보면 내 곁에 남을 사람은 한 명도 없다.

우리는 무엇이든 빨리 결정하고 싶어 한다. 뭔가 확실히 결정되어야 마음이 놓인다. 인간관계에서도 마찬가지다. 애인이면 애인, 친구면 친구, 부모면 부모, 부부면 부부, 상사면 상사, 후배면 후배, 지인이면 지인 등 '정해진 관계'라야만 안정감을 느낀다. 그것에서 벗어나는 말이나 행동을 하면 뭔지 모를 불안과 불쾌감에 사로잡힌다. 여행을 가기 전 하루하루의 동선과 식당까지 미리 체크하는 '철저함'이 때로 여행을 망치는 것처럼, 'All or Nothing'인 인간관계는 우리의 미성숙함을 드러내는 결정적인 단서이다. 전부 아니면 무, 양자택일, 이것 아니면 저것, 모 아니면 도로 굳이 정리하지 않아도, 인간관계는 나타났다 사라지기를 반복하게 되어 있다.

사람 사이에 선은 필요하다. 다만 그 선은 '여기까지 넘어오지 마'라는 뜻이 아니라, '나는 너의 자유와 고유성을 존중한다'라는 선이어야 한다. 그렇지 않으면 인간관계 속에서 'All or Nothing'이 자주 당신을 괴롭힐 것이며, 잦은 절교로 이어져 깊이 있는 관계를 경험하지 못하게 될 것이다.

작가 설흔은 《공부의 말들》(유유, 2018)에서 이렇게 말했다.

심리학 수업 중 아직도 기억나는 말이 있다. 애매한 것을 참고 견디는 것이야말로 심리적 성숙의 증거라고.

상대방도 모르게 나 혼자서 선을 그으며 마음속으로 절교를 외치고 있다면 자신의 미성숙함을 자책하지 말고 무엇이 자신을 그렇게 만드는지 찾아보는 것은 어떨까.

그 옛날 나에게 절교를 선언하고 돌아선 친구에게 이제는 말할 수 있을 것 같다.

"친구야, '재수 없다'는 말 용서해줘."

대화는
'말'로만 하지 않는다

한 남자와 소개팅에서 만나 몇 번 데이트를 했을 무렵에
내 생일이 돌아왔다. 그는 선물로 받고 싶은 것이 있으면
말해달라고 했다.

"편지 써주세요. A4로 두 장요."

누가 편집자 아니랄까 봐 분량까지 정해주다니. 서너
번 만난 여자가 한 주문치고는 좀 황당했을 텐데, 그는 알
겠다며 고개를 끄덕였다. 생일날 밥집에서 만난 그는 점

퍼 주머니에서 부스럭부스럭 조금 쑥스러운 표정으로 편지를 꺼내 건넸다.

"제가 편지를 잘 못 써서……."

집에 와서 봉투를 열어보니 정말 A4 두 장을 꽉 채운 편지가 들어 있었다. 얼마 뒤 우리는 연애를 시작했는데, 생일날 그 편지 사건은 내내 놀림감이 되었다.

"아, 편지 써달랬다고 진짜 편지만 달랑 주는 남자가 어딨어! 진짜 센스 없어."

나는 왜 몇 번 만나지도 않은 썸남의 글이 보고 싶었을까. 그는 무뚝뚝하고 재미도 없는 데다 그때까지 한 번도 만나본 적 없는 연하였다. 그런 사람에게 편지를 부탁한 것은 약간의 호기심 때문이었다. 말수는 적었지만 간간이 하는 말이 좀 남달랐다. 귀 기울여 듣지 않으면 무뚝뚝하고 따분하게만 들리는 말의 끝에 푸석푸석한 알맹이 같은 것이 맺힌다고 해야 할까? 내가 무슨 내공이 있어 그런 게 보였겠느냐만 그 정체 모를 것이 자꾸 궁금했다. 그래서 그의 글을 읽어보고 싶었다. 내 답답함을 글로 좀 풀어볼 생각이었다. 결국 그의 편지를 읽으면서 그것이 단순

한 호기심은 아니었다는 것을 알게 되었다.

　나는 몇 번 만나지 않은 남자에게 부탁할 정도로 편지와 친하다. 편지를 주고받았던 좋은 기억도 많다. 초등학교 1학년 방학 때 담임선생님께 처음으로 받은 편지, 학창시절에 친구들과 주고받은 무수한 편지들, 고등학교 복도에 설치되어 있던 편지함, 점심시간마다 편지를 배달해주었던 친구들, 한 친구와 약 10년간 편지로 쌓은 특별한 우정, 펜팔로 사귄 외국 친구, 지금은 도저히 눈 뜨고 못 봐주는 연애편지들, 작가에게 받은 답장, 라디오 프로그램의 진행자에게 받은 엽서, 어머니께서 주신 사랑의 쪽지들, 선배나 선생님들과 나누었던 글……. 이 글을 쓰며 처음으로 헤아려보니 나를 키운 8할이 편지라는 생각이 들 정도로 인생의 모든 장면에 그것이 함께했다. 하지만 내가 편지를 좋아하는 것은 이런 추억들 때문만은 아니다.

　사람과의 대화는 말로만 완성되지 않는다. 세상에 말로 전달하지 못하는 마음이 얼마나 많은가. 내가 생각하는 편지는 대화의 한 부분을 차지한다. 사람들과의 대화를 글로 나누는 행위이기도 하다. 말로 하는 대화가 완벽하지 않듯 편지가 모든 관계에서 결정적인 역할을 하는 것은 아니지만, 적어도 그것 때문에 상처를 받지는 않는다. 서로가 서로에게 전하지 못하는 마음, 관계에 생기기 시작하는 균열, 원래부터 있었던 미세한 틈을 메워주는 것이 편지이다. 말로만 이어온 관계는 단단하지 못하여 잘 허물어지지만, 말과 글을 더불어 쓰고 행동이 더해지면 해가 갈수록 관계가 깊어진다. 그래서 옛 유물 정도로 치부하기에 편지가 가진 힘은 무척 세다.

편지는 쉬 날아가버리는 말의 가벼움을 잡아주는 든든한 보완재이다. 말썽 많고 실수 많은 말보다 믿음직한 구석이 있다. 말이 열정 많고 활동적인 청년의 것이라면, 편지는 함부로 판단하지 않는 성숙한 어른의 모습을 지녔다. 말이 무조건 가르치려 드는 선생 같다면, 편지는 아기자기하고 애틋한 연인 같다. 몇 시간을 떠들어도 전해지지 않는 진심을 하나라도 잊지 않고 담아내는 좋은 그릇이다.

우리는 편지를 읽으며 상대가 하는 말의 이면을 더 잘

볼 수 있고, 진심에 가까운 심정을 헤아릴 수 있다. 또 오직 나를 향한 글, 우리 둘만 읽을 수 있는 글은 세상에 편지뿐이다. 그런 의미에서 편지는 독서와는 전혀 다른 형태의 읽기이다. 그럼 편지를 쓴다는 것은 어떤 의미일까? 우선 나와 상대와 우리에 대해 잠시나마 '생각'하도록 한다. 생각하는 시간 자체가 편지가 우리에게 주는 가장 큰 선물이다. 나를 돌아보는 시간이 길어지면 성찰의 시간이 되고, 상대에 대한 내 마음이 드러나면 감사의 시간이 된다. 그렇게 편지는 감수성과 유쾌함, 그리고 반성과 진심이 오가며 완성되는 즐거운 글쓰기다.

사람들과 글을 주고받고 싶다면 우선 머릿속에 있는 '편지'는 모두 지우자. 편지지에 손으로 쓰는 것만이 편지는 아니다. 어떤 형태이든 '한 사람을 위한 글'이면 된다. 한글이나 워드로 쓴 편지면 어떤가. 선물 포장지 위에 붙여놓은 작은 카드나 엽서도 좋고, 책 속지에 남긴 짧은 글도 매력적이다. 책을 읽다가 어느 글귀에 누군가가 떠오르면 그 부분을 적어두었다가 내 마음을 덧붙여 보낼 수 있다. 상

대가 좋아하는 간식 포장지나 상자에 굵은 사인펜으로 메시지를 남겨도 좋다. 이메일도 좋고 문자메시지도 좋다.

나는 생일날 센스 없이 편지만 달랑 두 장 써 온 남자와 결혼했다(그의 센스는 지금도 변함이 없다). 우리는 여전히 편지를 주고받으면서 살고 있다. 생일이나 결혼기념일 같은 특별한 날 서로에게 편지를 쓰고, 평소에는 냉장고에 붙여둔 작은 화이트보드로 필담을 주고받는다. 아무 날 엽서를 쓰기도 하고 뭔가를 부탁할 때는 쪽지를 남기기도 한다. 나는 그럴 때 말로는 도저히 쑥스러워서 하지 못하는 마음을 표현하기도 하고, 그의 글을 읽으면서 슬며시 웃기도 한다. 감동해서 몇 번이고 반복해 읽게 되는 문장도 있다.

무슨 소꿉장난처럼 보이겠지만 말과 글을 모두 사용해 소통하는 것뿐이다. 그 덕분인지 우리 둘 사이에 갈등이 생겨도 큰 싸움으로 번지는 일은 좀처럼 없다. 평소에 서로의 말과 글을 접하며 상대의 마음이나 생각을 해석하는 연습이 되어 있는 덕분일까. 나의 편지 친구는 남편 말고도 몇이 더 있다. 글을 주고받고 싶은 사람이 새로 생기기도 하고, 오랜만에 편지를 쓰고 싶은 사람도 있다.

얼마 전 만난 후배가 가방에서 작은 상자를 꺼내더니 내게 건넸다.

"선배, 더치커피예요. 일하면서 드세요."

상자에는 심훈의 〈눈 밤〉이라는 시가 적혀 있었다. 언제 봐도 작고 단정한 후배의 글씨였다.

편편이 흩날리는 저 눈송이처럼

편지나 써서 온 세상에 뿌렸으면 합니다.

다음 날 후배가 준 커피를 마시며 일을 하다가 문득 상자에 적혀 있는 시를 다시 읽어보았다. 그날 자신의 힘든 상황을 이야기하며 눈물을 비친 후배의 얼굴이 겹쳐지면서, 어서 눈 내리는 밤의 고요가 그녀에게 찾아들기를 기도했다. 다음번에 만날 때는 답시를 건네야지.

남의 말과 글을
가까이 두어야 하는 이유

지금으로부터 300년 전에 지어진 강릉 선교장은 명문 사대부가 살았던 아흔아홉 칸짜리 주택으로 지금까지 잘 보존되어 있다. 내부에는 열화당이라는 건물이 있는데 선교장을 찾아온 손님들이 며칠씩 머물다 가는 곳이었다. 그런데 재미있게도 그곳에 머물기 위해 치러야 하는 일종의 시험이 있었다고 한다. 집사는 손님들과 일일이 대화를 나눠보고 일정 수준을 충족하는 경우에만 열화당으로 안

내했고, 나머지는 다른 방으로 보냈다. 돈만 있으면 얼마든지 좋은 숙박 시설에 머물 수 있는 요즘, 집사와 대화를 나눈 뒤에 들어갈 수 있는 방이 정해진다면 어떤 기분이 들까? 좋은 숙박 시설이나 대화의 수준을 떠나 오늘날 열화당처럼 좋은 대화를 나눌 수 있는 곳은 어디일까? 아니, 그런 대화를 나눌 만한 사람이 주변에 몇이나 있을까?

나는 최근에 사람을 만날 때마다 이런 질문을 던져보았다.

"요즘 누구와 대화하는 게 가장 좋으세요?"

이 질문에 '가족'이라고 대답하는 사람은 거의 없었다. 우선 가족은 일상적이고 현실적인 이야기를 나누는 관계이다. 그래서 우리가 속 시원하다고 느끼는 대화보다는 조금 불편한 대화가 오가게 되고, 하기 싫어도 말을 해야 하는 상황에 자주 놓이다 보니 좋기가 어렵다. 대부분의 사람들은 친구나 오래된 지인, 같은 일을 하는 사람, 동료들을 꼽았는데, 대개는 현재 자신의 처지나 상황과 가장 비슷한 사람들이었다. 그런 사람들과 대화를 나누면 아무

래도 공감과 이해의 폭이 넓어져 속이 시원하고 스트레스도 풀리기 때문이다.

하기 싫어도 해야만 하는 일상적인 대화, 나의 상황과 비슷한 사람과의 대화 모두 우리에게 꼭 필요하다. 그리고 한 가지가 더 있다. 좋은 어휘와 문장으로 나누는 '세 번째 대화'이다.

MBC〈말의 힘〉이라는 프로그램에서 진행한 실험을 보면 그 이유가 더욱 분명해진다. 이 실험에서 20대 남녀 열두 명에게 '예의 바른, 늙은, 뜨개질, 회색의, 따분한' 등 노인을 연상케 하는 단어 서른 개를 보여주고 단어를 조합해 문장을 만들도록 주문했다. 또 '스포츠, 부지런한, 흐름을 따르는, 승리' 등 젊은이를 연상시키는 단어 서른 개를 보여주고 동일한 실험을 진행했다. 사실 단어를 조합해 문장을 만들라는 주문은 실험 의도를 감추기 위한 것이었다. 실제로 실험한 것은 그 단어들을 보기 전과 후의 걸음 속도'였다. 결과는 어떻게 나왔을까?

노인이 연상되는 단어를 본 참가자들의 걸음 속도는 이

전보다 평균 2.32초 느려졌다. 반대로 젊은이가 연상되는 단어를 본 참가자들의 걸음 속도는 평균 2.46초가 빨라졌다. 이 실험을 처음으로 진행하고 발표한 예일대 심리학과 존 바그 교수는 자신의 실험에 대해 이렇게 말했다.

"어떤 단어에 노출되면 뇌의 특정 부분은 자극을 받고 무엇인가를 할 준비를 하게 됩니다. '움직인다'라는 동사를 읽으면 뇌는 의식적으로 행동할 준비를 합니다. 언어는 굉장히 강력합니다."

이 실험이 아니더라도 우리는 말이 우리 삶에 강력한 영향을 미친다는 것을 알고 있다. 누군가의 한마디에 울고 웃는 것은 당신만이 아니다. 한 줄의 글을 읽고 인생이 바뀌었다는 이야기도 너무 흔해서 특별할 게 없을 정도다. 평생 잊지 못할 말들은 또 얼마나 많은가. 그런데 말의 힘을 잘 알고 있음에도 불구하고 내 말을 잘 관리하기 위해서 좋은 단어와 문장을 접하려는 노력은 얼마나 하고 있을까?

좋은 언어 세계로 가기 위한 방법은 무엇일까? 좋은 어휘와 문장이 많이 모여 있는 곳에 자신을 의도적으로 노출시키면 된다. 그런 세계에 자신을 데려다 놓지 않으면 무방비 상태에서 만나는, 자극적이고 공격적이며 경쟁적인 어휘에서 헤어날 길이 없다. 욕이나 심한 말을 하지 않아도 우리는 늘 강압적인 언어 환경에서 살아간다. 가정에서, 학교에서, 회사에서, 모임에서 만나는 언어들이 때로 우리를 얼마나 힘들게 하는가. 그런 어휘에 지속적으로 노출되다 보면 저도 모르게 그런 말과 행동을 하게 된다. 이것이 남의 좋은 말과 글을 가까이 두어야 하는 이유이다.

가장 좋은 방법은 책을 읽고 책 속의 좋은 어휘와 문장으로 사람들과 지속적인 대화를 나누는 것이다. 독서 모임이나 강연, 컨퍼런스, 포럼 등에서 양질의 말을 귀담아듣는 것도 좋겠다. 이렇게 의도적으로 노력하지 않으면 수준 높은 어휘를 사용하여 대화할 기회가 생각보다 많지 않다.

'세 번째 대화'는 너무 일상적이고 현실적이라 다소 불편한 가족과의 대화나 자극적이고 경쟁적인 대화를 완충해주는 역할도 한다. 남의 말에 자주 상처받거나 예민해진다면, 또 대화를 나누는 것 자체가 힘들고 피곤하게 느껴진다면 내가 쓰고 있는 말이 약해져 있을 가능성이 크다. 그럴 때는 다른 사람의 경험과 통찰이 녹아 있는 말과 글 속으로 들어가 그것들을 충분히 경험하고 내 안으로 체화시켜야 한다. 좋은 어휘와 문장을 가까이하고 그것을 사용하여 사람들과 대화할 수 있다면 그곳은 어디라도 '열화당'이 될 수 있다.

나는 기브인가, 테이크인가

,

• • •

•

'어떻게 나한테 그럴 수 있지?'

이런 생각을 한 번쯤 해보지 않은 사람은 없을 것이다. 이 문장의 주어 자리에는 부모, 형제, 친구, 연인, 동료 등 주로 가까운 이들이 들어간다. 나에게는 몇 년 동안 마음 의 실타래가 풀리지 않은 관계가 하나 있었다.

상대는 학교 친구였다. 학교를 졸업한 뒤에 하는 일이 비슷해 가까이 지냈다. 그러는 사이에 친구는 결혼을 했고 아이를 낳았고 부모님을 여의었다. 나는 친구의 집안 대소사에 늘 함께했다. 그렇게 10년이 지날 무렵 나도 결혼을 했다. 친구는 결혼식 전날 집안에 일이 생겨 못 온다고 했다. 그날 못 온 사람이 그녀뿐이랴. 사실 그것을 신경 쓸 겨를도 없었다.

그런데 결혼식이 끝나고 한참이 지나도록 친구는 연락이 없었다. 결국 나는 일을 핑계 삼아 약속을 잡았다. 그런데 함께 밥을 먹고 계산을 하는 순간부터 내 마음이 꼬이기 시작했다. 그날 친구는 축의금이나 선물은커녕 흔한 축하 인사조차 건네지 않았다.

'어떻게 나한테 그럴 수 있지?'

그 만남이 있은 뒤 우리는 드문드문 연락하다가 서서히 멀어졌다. 시간이 지날수록 '어떻게 나한테 그럴 수 있지?'라는 마음은 희미해졌고, '그 사람은 나를 친구로 생각하지 않았나 보다'라고 선을 긋게 되었다. 어쨌든 그 일은 상처가 되었고 인간관계에 회의감도 주었다. 한편으로는 연인처럼 마음이 식어버린 것도 아닐 텐데, 그 친구가 왜 그랬는지 이유가 알고 싶기도 했다.

몇 년이 지난 어느 날, 〈법륜 스님의 희망 세상 만들기〉라는 유튜브 채널을 보고 드디어 그 이유를 알아냈다. 나와 비슷한 문제를 겪고 고민하던 사람에게 스님은 이렇게 말했다.

> "그 친구하고 친구 안 하는 게 좋겠어요. (……) 그 친구한테 문제가 있어서 친구 안 했으면 좋겠다는 얘기가 아니고 질문자에게 문제가 있어요. 왜냐하면 질문자가 그 친구를 전혀 친구라고 인정을 안 하고 있어요. (……) 친구라면 나한테 절대 손해 끼치면 안 된다고 생각하는 거예요. 그건 친구를 사귀는 게 아니고 이해관계로 그 사람을 사귀고 있는 거예요."

나도 상대방을 친구가 아닌 이해관계로 생각하고 있었던 것일까? 내가 그만큼 했으니 너도 그만큼 해야 하지 않겠느냐는 철저한 기브앤드테이크 마인드. 나는 처음으로 친구에게 미안한 마음이 들기 시작했다.

관계 때문에 힘들어하는 사람들에게 "관계에 선을 그으세요"라는 말을 많이 한다. 가까운 사이일수록 거리를 잘 조절하는 것이 관계를 지키는 최고의 방법이라고. 맞는 말이다. 그래야 나와 타인을 분리해서 생각하여 상처를 덜 받고 관계도 건강하게 지속할 수 있다.

그런데 거리나 선을 내가 편한 대로 잘못 이용하는 데서 문제가 생긴다. 나는 그 친구와의 관계를 이해관계로 여겼으면서 그에게는 진심 어린 사랑과 우정을 바랐다. 연애를 할 때는 어떤가? 나는 '이해관계의 패'를 들고 있으면서도(자신은 사랑이라고 우기지만) 상대방은 '사랑과 우정의 패'를 들기를 바라다가 상처를 받았다. 나는 사랑인데 상대는 그렇지 않을 때도 마찬가지다. 사회관계에서는 어떤가. 나는 벌써 '사랑과 우정'으로 패를 바꾸었는데 상대가 끝까지 '이해관계'의 패만 내놓을 때 상처를 받는다. 나는 이해관계인데 상대는 그렇지 않을 때도 관계가 잘 이어지지 않는다.

우리가 맺고 있는 모든 관계에 똑같은 선을 그을 수 없듯이, 상대방도 관계 범주를 여러 개 갖고 있다. 내가 상대를 어떤 범주에 넣든, 또 상대가 나를 어떤 범주에 넣든 그건 각자의 영역이므로 침범할 수 없다. 좋은 관계란 무엇일까? 서로가 서로를 같은 범주 안에 넣는 관계이다.

그러나 이보다 더 성숙한 관계는 서로가 다른 범주임을 알면서도 지속하는 사이다. 나는 사랑과 우정인데 상대는 이해관계라도, 나는 이해관계인데 상대는 사랑과 우정이라도 상처받지 않아야 어른의 관계이다. 이런 관계는 세월이 쌓이면서 굳이 선 같은 것을 생각하지 않고도 좋은 관계로 발전될 가능성이 크다.

'내가 그 사람을 어떻게 생각하는지' 들여다보아야 한다. 내 생각만 잘 알고 있어도 모든 책임을 상대에게서 찾다가 관계가 틀어지는 일은 막을 수 있다. 아무 일도 없을 때는 관계의 속살이 잘 드러나지 않는다. 어떤 문제가 발생했을 때 관계의 진짜 속살을 보게 된다. 인간관계를 지속하다 보면 종종 함께 올라야 하는 산이 나타난다. 험한 돌산도, 야트막한 언덕도 만나게 된다.

나는 아주 야트막한 언덕에서 친구와의 우정을 놓치고

말았다. 이제 와 생각해보니 그 친구는 어쩌면 나를 진짜 친구로 생각했던 것 같다. 아쉽지만 큰 것을 배웠으니 되었다.

서로의 침묵이
어색하지 않은 순간

우리는 일을 하면서 사람들과 직접 만나거나 통화를 하고 이메일이나 메신저를 주고받는다. 이 네 가지 수단을 적재적소에 자유롭게 이용하면서 일의 속도와 효율성은 과거와 비교도 안 될 정도로 높아졌다. 그런데 직접 만나거나 통화하는 것보다 이메일이나 메신저로 업무를 처리하는 데 익숙해지다 보니, 반대로 뭔가를 기다리는 인내심은 날로 퇴화되는 듯하다. 실시간을 방불케 하는 빠른 피

드백이 업무 능력을 평가하는 기준이 되다 보니, 인간관계에서도 뜨뜻미지근하거나 머뭇거리는 태도보다는 확실하고 빠른 것을 미덕으로 삼게 된다. 또 유창한 말솜씨나 센스 있는 한 마디가 인정받다 보니 침묵이나 인내 같은 덕목은 실제로 존재하나 싶을 정도로, 책에서나 볼 수 있는 옛것이 되었다.

한번은 작가 섭외 미팅을 갔는데 시간이 얼마쯤 흐르자 그 자리가 무척 불편하게 느껴졌다. 호감으로 시작되어 화기애애하게 이어지는 여느 첫 미팅과는 분위기가 사뭇 달랐다. 그는 말과 말 사이에 침묵이 긴 사람이었다. 대화를 나눌 때 눈을 잘 마주치지 않고, 뭔가를 물어도 한참 뒤에나 입을 뗐다. 상대와의 대화 흐름보다는 자기 생각에 깊이 빠져 있었다. 시간이 지날수록 내 마음은 더 불편해졌고, 나도 모르게 속으로 그 사람의 태도를 문제 삼고 있었다. 미팅이 끝날 무렵, 나의 짧은 생각이 섣부른 오해였음을 알아차렸지만 돌아오는 내내 마음이 찜찜했다. 그가 아닌 '나' 때문이었다.

'내가 다른 사람의 침묵을 참을 줄 모르는구나.'

내가 왜 다른 사람의 침묵이나 주저함을 참지 못하게 되었는지를 곰곰 생각해보았다. 나의 급한 성미 탓도 있겠지만, 그보다는 언제 어디서나 연결되어 일하는 소통 방식이 그것을 더 고조시키지 않았을까 싶다.

언제부터 대화하거나 메시지를 주고받을 때 공백이 생기는 것이 불편해졌을까. 어색하고 두렵기까지 한 그 '찰나'를 우리는 익히 알고 있다. 상대의 긴 침묵에서 무례함을 느끼거나 때로 그것에 상처를 받기도 한다. 그래서 이유 있는 침묵이 오히려 오해로 받아들여져 그 빛을 발휘하지 못한다. 이유 있는 침묵을 감당할 마음도, 그런 침묵을 보여줄 수 있는 사람도 드문 세상이다.

내가 경험한 최고의 침묵은 고등학교 3학년 때 그분의 것이다. 어느 날 중학교 때부터 쓴 습작 노트 세 권을 국어를 담당하던 담임선생님에게 내밀었다. 나는 백일장은커녕 교내 글짓기 대회에서도 상을 받은 적 없는, 글쓰기와 전혀 상관없는 학생이었다. 글쓰기보다는 달리기를 잘하고, 취향이 조금 올드한 것 빼고는 별로 튀지 않는 아이였다. 하지만 나는 꽤 오랫동안 남몰래 시인을 꿈꾸고 있었고, 3학년이 되자 마음이 조급해졌다. 선생님도 조금 놀랐는지 나를 가만히 쳐다보더니 읽어보겠다고 말했다.

그렇게 일주일이 지나고 선생님은 노트를 돌려주었다. 그런데 아무 말이 없었다. 정말 한 마디도 없이 노트만 돌려주었다. 칭찬이나 격려, 아니 지적이라도 해주기를 기대했던 나는 선생님의 반응에 서운하고 창피했다. 괜히 보여드렸나 후회가 밀려오다가 '역시 나는 재능이 없구나' 하고 낙담하면서 복잡한 심정이 되었다. 고등학생인 나에게는 '이해할 수 없는 침묵'이었다.

그런데 며칠 뒤 선생님이 나를 부르더니 문예창작과에 지원해보라고 했다. 처음 들어보는 과 이름에 어리둥절했지만 '문' 자가 들어가는 걸 보니 왠지 안심이 되었다. 학교 정보를 받아 든 나는 그제야 선생님의 침묵을 어렴풋이 이해했지만 그때도 완전히는 몰랐다. 세월이 한참 흐른 뒤에야 선생님의 침묵이 얼마나 큰 사랑이었는가를 알게 되었다. 학생을 가르치고 평가하는 교사의 입장에서 학생의 습

작에 대해 침묵을 지킬 수 있는 것은 큰 내공이 있기에 가능한 일이었다. 그것도 수십 년이 지난 뒤에야 받아들일 수 있을 만큼의 깊은 침묵이었다.

나는 이제 그때 선생님의 나이가 되었다. 나이가 인격이나 품위를 보장해주지 않듯, 나는 침묵보다는 재잘거리는 것에 익숙한 사람이다. 말하기를 좋아하며 서로의 말이 풍성하게 오가는 대화를 더 선호한다. 실은 말하기 위해 '듣고' 말하기 위해 '생각한다'. 때로는 말하기 위해 행동하는 것 같다. 그럴수록 고요와 침묵이 간절해지지만 생각처럼 되지 않는다.

나 스스로 침묵하지 못하면 상대방의 침묵도 견디지 못하고 부정적으로 인식하기가 쉽다. 대화를 할 때 기다려주는 것은 실은 엄청난 내공이다. 그것은 단순히 다른 사람을 기다려주는 게 아니기 때문이다. 자기 자신을 기다리는 일이기도 하다. 평소에 조용히 사색하고 침묵할 줄 아는, 또 그런 자신을 충분히 기다리는 사람만이 다른 사람에게도 그런 미덕을 베풀 수 있지 않을까?

하루 24시간 중에서 조용히 나 스스로에 대해 생각할

수 있는 시간이 얼마나 될까. 수도자들처럼 거창한 수행은 못 하더라도, 그저 외부의 방해 없이 가만히 멍 때릴 수 있는 시간조차 갖기 쉽지 않은 게 현대인의 일상이다. 일부러 이른 새벽이나 늦은 밤에 깨어 있고, 휴대전화를 일정 시간 꺼놓거나 자동차 안에서 홀로 앉아 있는 것, 걷기 여행을 떠나거나 종교 수행 프로그램에 참여하는 일들 모두 고요와 침묵에 목마른 사람들의 간절함이다.

노르웨이의 탐험가이자 변호사인 엘링 카게는 《자기만의 침묵》(민음사, 2019)에서 고단하고 소란한 일상생활 속에서 자신을 지킬 수 있는 유일한 방법은 '내면의 침묵'에 도달하는 것이라고 말했다. 나아가 서로의 침묵을 이해하는 것이야말로 최고의 소통 방법이라고 덧붙였다.

> 나에게 성공은 우리가 침묵 속에서 함께 앉아 있을 때이다. (……) 당신이 침묵하고 있을 때 파트너가 당신을 이해하지 못한다면, 당신이 말을 할 때 파트너가 당신을 이해하기는 더 어렵지 않을까?

침묵은 나에게 집중하는 것이다. 다른 사람의 '말'에 집중하는 것이 아니라 '나 자신'에게 집중하는 것이다. 그것이 되어야 다른 사람을, 또 그의 말을 기다려줄 수 있다. 타인의 침묵도 감당할 수 있게 된다. 인간관계에 문제가 생겼을 때, 또 누군가로부터 상처를 받았을 때 대화로 풀기 전에 '자기만의 침묵'에 한 번쯤 빠져보기를. 수행을 하라는 고차원적인 권유는 아니다. 단지 그 고요와 침묵이 수많은 말들의 칼날을 무뎌지게 해준다는 것뿐.

곁가지는 버리고
본심에 집중하려면

중고등학교 시절, 선생님들의 인기는 수업 스타일에 따라 좌우되었다. 혼자서 쏟아내듯 쉬지 않고 말하는 선생님, 말은 최대한 줄이고 필기의 양으로 승부를 보는 선생님, 아이들의 혼을 쏙 빼놓을 만큼 재미있는 선생님, 늘 화가 난 목소리로 말하는 선생님, 이야기꾼에 가까운 선생님, 1초의 빈틈도 없이 오직 수업에만 열중하는 선생님 등 해당 과목이나 교사의 성격에 따라 다양했다.

나는 어릴 때부터 수학이나 과학 등에 흥미를 느끼지 못해 수업에 좀처럼 집중하지 못했고, 그러다 보니 자연히 시험 점수도 좋지 않았다. 국어나 영어 시간에는 선생님의 말을 하나라도 놓치지 않으려 애쓴 반면, 이과 계열의 수업 시간에는 정신을 딴 데 팔고 있었다. 그나마 선생님의 이야기가 재밌으면 덜 괴로웠지만, 그렇지 않으면 자꾸 시계만 쳐다보았다. 그런데 그런 중에 기억나는 세 분의 과학 선생님이 있다.

P선생님은 키가 아주 크고 풍채도 좋아서 교단에 서면 앞이 꽉 차는 느낌을 주었다. 그런데 몸집에 비해 목소리가 유난히 작았다. 아무도 떠들지 않는 조용한 상태에서도 맨 뒤에 있는 학생이 들을 수 있을까 말까 할 정도였다. 그래서 그 시간만큼은 물을 끼얹어놓은 것처럼 교실이 조용했다. 교실이 조용한 이유는 또 있었다. 어마어마한 필기 양이었다. 설명을 할 때마다 칠판에 울긋불긋한 판서가 가득 찼고 우리는 그것을 옮겨 적느라 팔이 아플 정도였다. 한 시간 동안 엄청난 양의 정보가 들릴 듯 말

듯 쏟아지는데도 신기한 것은 아이들이 그 시간을 좋아했다는 점이다. 선생님의 말하기 스킬 덕분이었다. 그분은 한마디로 탁월한 스토리텔러였다. 생물에 관련된 이야기를 속삭이듯 조곤조곤 들려주었고, 한눈에 확 들어올 정도로 짜임새 있게 구성된 판서 실력도 대단했다.

서울대 출신에 아는 것 많고 누구 못지않게 열심히 가르치는 K선생님도 있었다. 하지만 안타깝게도 반 이상의 아이들이 그분의 열정을 따라가지 못했다. 선생님은 우리에게 하나라도 더 가르치기 위해 쉬지 않고 말했지만 아이들은 더 멍해져갔다. 그럴수록 선생님은 같은 말을 여러 번 반복해서 했고, 원래도 큰 목소리의 볼륨을 한참이나 더 키웠다. 한 시간 내내 진지한 얼굴로 오직 자신이 전달해야 하는 수업 내용에만 집중하던 선생님의 모습이 지금도 눈에 선하다.

L선생님은 평소 조용한 성격이었고 수업 시간에도 말을 많이 하지 않았다. 수업 내용은 방대했지만 칠판에 쓰는 양은 적었다. 선생님은 말을 아끼는 대신 우리에게 실험과 체험을 시키면서 개념을 익히도록 했다. 나 같은 애

들은 그마저도 재미를 붙이지 못했지만, 그분의 수업 방식은 다른 학교 과학 동아리에서도 찾아올 정도로 지역에서 유명했다.

학생들을 잘 가르치고 싶은 마음은 세 선생님 모두 같았을 것이다. 하지만 그것을 전달하는 방식이 달랐다. P선생님은 전략을 세워 아이들의 집중도를 높였고, K선생님은 가장 똑똑했지만 오직 내용에만 집중했고, L선생님은 설명은 줄이고 실험과 체험을 늘렸다.

대화를 나눌 때 가장 중요한 것은 무엇일까? 상대방과 관계를 잘 유지하면서 나의 '본심'을 전달하는 것이다. 그런데 '전달 방식'이 아닌 '내용'에만 집중하다 보면 말이 길어지고 같은 말만 반복하게 된다. 상대방을 생각하지 못하고 오직 자신이 전달해야 하는 내용에만 신경을 쓰는 것이다. 전달이 안 되는 것 같으면 괜히 목소리만 키운다. 상대방이 내 말을 알아듣지 못하는 것 같아 내심 감정이 상하기도 한다. 그럴수록 전달력은 더 떨어지게 되어 있다.

나는 책을 기획하고 편집하는 일을 하는데, 정말 맡고

싶지 않은 1순위 원고가 있다. 필요 이상으로 길게 늘여 쓴 원고이다. 보통 그런 원고들은 내용이나 논리가 빈약하고 정리가 덜 되어 있는 경우가 많다. 빈약한 내용을 채우다 보니 같은 말이 반복되고, 머릿속에서 정리가 덜 된 채로 써서 그런지 계속해서 글이 길어지는 악순환이 벌어진다. 이렇게 '쓰는 것'에만 집중하다 보면 내용이 '어떻게 전달될 것인가'를 놓치게 된다. 그런 원고들은 정리하고 나면 3분의 1 이상이 삭제되거나 줄어들기도 하는데, 그제야 비로소 핵심 내용이 조금 보인다.

본심을 전하는 데 가장 나쁜 방법은 말이 반복되고 길어지는 것이다. 그럴 때는 '내 말이 어떻게 요약되고 있을까?'라고 생각하면서 말해보면 어떨까. 그러다 보면 불필요한 말보다 본심에 집중하게 되고, 그런 다음에는 그 본심의 개수를 줄이면서 전달 방법에 더 신경을 쓰게 된다. 최후에는 드디어 상대방이 보일 것이다.

질문하면서
더 단단해지는 관계

미국의 사상가이자 작가인 헨리 데이비드 소로가 어느 날 일기장에 이렇게 썼다고 한다.

> 오늘 나는 최고의 존중을 받았다. 어떤 사람이 내 생각을 묻더니 내 대답에 성의껏 귀를 기울여주 었다.
>
> – 《질문이 답을 바꾼다》(앤드루 소벨 · 제럴드 파니스, 어크로스, 2012)

사람은 어려운 상황에서도 자신의 생각을 물어봐주고 대답에 귀 기울여주는 한 사람만 있다면 삶의 희망을 버리지 않는다. 그 질문이 무엇일 때 효과가 가장 클까? 단도직입적으로 당신은 어떤 질문을 받을 때 행복할까? 대답하고 싶어 입이 간질거리고 엉덩이가 들썩이게 하는 질문은 무엇일까? 조금 광범위하게 들릴지 몰라도, 사람은 누군가 자신의 이야기를 물어봐줄 때 행복감을 느낀다.

몇 년 전, 국비로 가는 열흘짜리 업무 관련 해외 연수를 신청한 적이 있다. 서류 심사에 통과했다는 연락을 받고 오랜만에 면접장으로 향했다. 어떤 질문을 받을지 조금 긴장된 마음으로 순서를 기다렸고, 세 명이 함께 들어가 면접관들을 만났다. 그곳에서 받은 질문 중에서 기억에 남는 것이 하나 있다.

"회사에서 자신이 한 일 중에 성과가 좋았다고 생각하는 일을 말해주세요."

나는 잠시 생각하다가 "홍보 담당 직원을 뽑아달라고 6개월간 회사를 설득한 끝에 성공하여 매출을 올린 일"이라고 대답했다. 세 명의 대답을 다 듣고 나서 면접관 중한 사람이 약간 퉁명스럽게 말했다.

"그런 것들밖에 없나. 성과치고 약하네."

오래전 일이라 면접관이 한 말이 정확하게 기억나는 것은 아니지만 '성과라기에는 너무 소소하다'는 것이 핵심이었다. 이 말에 다른 면접관들은 희미하게 웃었고, 우리 셋도 겸연쩍은 표정을 지으며 그를 멀뚱멀뚱 쳐다보기만 했다.

이것은 어디까지나 비즈니스 면접이고, 그 면접관 입장에서 '홍보 담당 직원을 새로 뽑아 팀에 배치하여 매출을 올린 일'은 다른 지원자들과 비교해 약해 보였을 수도 있다. 그런데 이런 질문과 답변이 혹 면접장 안에서만 이뤄지는가 생각해보면 그렇지 않다.

사람과 사람 사이에 질문과 답변이 수없이 오간다는 점에서 면접과 삶은 어느 정도 비슷하다. 그러나 우리의 삶은 면접장 안에 있지 않고 그 바깥에 있다. 삶의 대화가 짧은 시간 동안 질문과 답변이 오가는 면접장의 것과 같다면 우리는 평생 서로를 이해할 기회를 얻지 못할 것이다. 면접 같은 대화가 삶의 대화로 더 성숙해지기 위해서는 몇 가지 질문이 더 필요하다.

> "홍보를 담당하는 부서도 아닌데 왜 그런 결정을
> 한 거야?"
> "홍보팀 만들 때 사장을 어떻게 설득했어?"
> "설득하는 과정에서 속상한 일은 없었고?"
> "다른 직원들 반응은 어땠어?"
> "결국 네 일이 늘어나는 건데 힘들지 않았어?"

이것들은 이야기를 꺼내도록 상대를 유도하는 질문이다. 상대와 주변 사람들, 사건과 배경과 숨어 있는 사연에 대해 묻는 이야기형 질문이다. 이야기를 하지 않고는 도저히 대답할 수 없는 질문이 이야기형 질문이다. 한 사람의 이야기가 들어 있지 않은 질문과 대답은 이성적이지만 사람의 온기가 느껴지지 않는다. 필요한 말만 주고받아 효율적으로 보일지는 몰라도, 이는 유리 장 안에 박제된 동물처럼 살아 있음을 흉내 낼 뿐이다. 그런데 의외로 많은 사람들이 가까운 사람들과 면접관 같은 질문을 주고받으며 살아가고 있다. 상대의 이야기를 자세히 듣는 것을 피곤해하고, 그 자신도 소중한 경험과 이야기를 다른 사람에게 털어놓지 않는다.

이야기 없는 대화에 익숙해지다 보면 서로의 삶을 대수롭지 않게 여기게 된다. '뻔한 인생' 앞에서 누가 감동하고 그 삶을 돌보려고 할까. 그래서 서로의 깊은 이야기를 끌어낼 수 있는 질문이 필요하다.

사람들의 이야기를 기록하고 공유하는 미국의 비영리 단체 스토리코프(StoryCorps)의 대표인 데이브 이세이는 뉴욕 한복판에 대화 부스를 만들어 화제가 된 인물이다. 대화 부스는 누구든지 들어가서 둘이서 이야기를 나눌 수 있는 한 평 남짓한 공간이었다. 그는 사람들의 동의를 얻어 그들의 대화를 녹음하고 저장했다. 그는 왜 사람들의 이야기를 모으기 시작했을까?

방송 프로듀서였던 데이브는 맨해튼의 노동자 숙소에 대한 다큐멘터리를 만든 적이 있었다. 고시원 같은 아주 작은 방에서 수십 년 동안 살아가는 노동자들의 고된 삶을 촬영했고, 이 이야기를 사진작가와 함께 책으로도 엮었다. 그 책이 출간된 날, 그는 초판본을 들고 노동자들의 숙소로 찾아갔다. 그런데 노동자 중 한 사람이 그 책을 조용히 응시하더니 데이브의 손에서 빼앗아 숙소 복도를 달리며 이렇게 외쳤다고 한다.

"나는 살아 있어! 나는 존재한다고."

아무도 알아주지 않았던 자신의 이야기가 담긴 책은 그에게 '살아 있음'을 넘어선 존재의 확인이었다. 데이브는 이 일을 계기로 대화 부스를 만들었고, 그 안에서 서로의 인생을 묻고 답하도록 했다. 진정한 대화를 나누도록 한 것이다.

우리는 부모, 배우자, 애인, 친구, 동료, 가까운 지인들의 삶을 낱낱이 알 수 없다. 알고 싶어도 그럴 수가 없다. 타인의 삶 전체를 온전히 지켜볼 수도 없다. 타인과의 관계는 인생의 어느 한 지점부터 시작되기 때문이다. "내 인생을 책으로 쓰면 열 권은 넘지"라는 노인들의 회한은 누구에게나 해당되는 말이다. 각자 살아온 세월만큼의 이야기를 품고 있기 때문이다. 더 많고 적음은 중요하지 않다.

지금 이 순간에도 가족, 애인, 친구, 동료들은 당신에게 추파(?)를 던지고 있을 것이다. 추파는 가을의 잔잔하고 은은하게 흐르는 물결이다. 그만큼 아름다워서 은근히 보내는 눈길이나 관심을 뜻한다.

어느 날 한 번쯤은 물어봐줄래,

그때(는) 내게 무슨 일이 있었냐고.

— 리싸^{leeSA}, 〈혹시라도 들릴까봐〉 가사 중에서

이런 추파에는 기꺼이 응하자. 나의 이야기를 가지고.

THANK YOU

6장

아무 말 대잔치 잘 들었습니다

，

...

•

서로의 말에는
과거가 있다

'

...

•

"유진이랑 얘기하면 밤새 해도 재밌지."

대학 때 한 선배가 내게 했던 말이다. 시간이 오래 지난
지금도 잊히지 않고 가끔 생각날 만큼 나는 이 말이 좋다.
나는 이야기하는 것을 좋아한다. 친한 사람은 물론이고
처음 만나는 사람과도 긴 대화를 나눌 수 있다.

그런 나를 고민에 빠뜨린 친구가 하나 있었다. 그 친구
와 대화를 하면 벽에다 대고 말을 하는 것 같은 기분이 들

었다. 대학 시절 자주 어울리던 친구들 중 하나라 함께 보내는 시간이 많았는데, 나는 가급적 그와 단둘이 남는 사태는 피하려 애썼다. 애쓴다고 늘 원하는 대로 되진 않았는데, 둘만 남게 되면 그 시간이 고역이었다.

나는 그 친구가 내 말을 자꾸 '먹는다'고 생각했다. 대화가 이어지려면 적어도 두 사람 사이에 작은 '겹침'이 있어야 한다. 같은 주제에 대해 의견을 나누거나 서로 다른 이야기를 하더라도 그 맥을 따라서 공감하거나 반대를 표하며 같이 걷게 되는 길이 있다. 그 길을 따라가다 보면 생각지도 못했던 언덕을 만나서 함께 오르기도 하고, 때로는 험난한 산을 만나 길을 헤매기도 하며, 한적한 길을 거닐기도 한다. 그런데 그 친구와 대화를 하면 '겹침'은커녕 매번 다른 길을 걷게 되는 거다. 어쩌면 그렇게 서로 다른 말만 하고 있었는지 모르겠다.

《낱말 공장 나라》(아네스 드 레스트라도 글, 발레리아 도캄포 그림, 세용출판, 2009)에 나오는 나라에서는 공장에서 낱말을 사서 삼켜야만 말을 할 수 있다. 그런데 쓸모 있는 낱말은 죄다 값이 비쌌다. 그래서 가난한 사람들은 버려진 말들을 주워서 살았기에 하고 싶은 말을 하지 못했다. 필레아스라는 가난한 소년은 '체리', '먼지', '의자'라는 낱말을 우연히 줍고, 그걸 짝사랑하는 시벨에게 선물하려고 아껴둔다. 그런데 부잣집 소년 오스카가 갑자기 나타나 시벨에게 고백을 하고 만다.

"소중한 시벨, 나는 너를 진심으로 사랑해. 우리가 어른이 되면 분명 결혼하게 될 거야."

이 말을 엿들은 필레아스는 자신이 초라하게 느껴졌지만 용기를 내어 시벨에게 다가가 말한다.

"체리! 먼지! 의자!"

시벨의 마음은 누구의 말에 움직였을까? 시벨은 필레아스에게 다가가 말없이 볼에 입맞춤을 한다. 그녀는 부잣집 소년의 완벽한 고백에는 침묵했고, 모호한 낱말만 나열했을 뿐인 필레아스의 말은 찰떡같이 알아들었다. 어떻게 그럴 수 있었을까? 그들은 말을 나눈 적은 없었지만 오랫동안 서로를 지켜보았고 좋아하고 있었다.

내가 벽이라고 생각했던 친구에게 나는 어떤 사람이었

을까? 나는 그 친구에게 필레아스였을까, 오스카였을까? 나는 그 친구와 감정을 나눈 적도 내 마음을 내보인 적도 없었다. 한마디로 제대로 된 관계를 맺지 못했다. 그 친구를 피하고 싶은 마음을 감추기 위해 겉만 번지르르한 말, 친한 척하는 말만 늘어놓았다. 오스카처럼 말이다. 그럴수록 나는 더 그 친구의 말에 귀 기울이지 않게 되었고, 그렇게 쌓아 올린 벽을 그 친구가 만든 거라고 착각했다.

어느 모임에서 누군가가 고민을 털어놓은 적이 있다.

"남자 친구가 제 말을 하나도 안 들어요. 다 자기 건강 생각해서 하는 말인데 잔소리로만 들리나 봐요. 약속도 안 지키고 화만 내요."

그 자리에 함께 있던 다른 사람이 조심스레 말했다.

"아무리 좋은 말이라도 둘의 관계가 안 좋으면 말이 안 들어가더라고요. 안 들리는 거죠. 관계부터 살펴보세요."

우리는 왜 말 때문에 상처를 받을까? 상대가 내 말을

무시해서 상처받고, 내 말을 들어주지 않아서 상처받는다. 내 말을 인정해주지 않아서 상처받는다. 내 말을 오해해서, 내 말을 믿지 않고 내 마음을 몰라줘서 상처를 받는다.

그런데 말에는 과거가 있다. 상대로 하여금 내 말을 무시하게 만든 과거, 내 말을 흘려듣게 만든 과거, 내 말을 믿지 않게 만든 과거들 말이다. 대화는 늘 우리의 과거를 간직하고 있다. 누군가의 말이 들리지 않는 것은 경청 능력이 부족해서가 아니다.

누군가 당신에게 이렇게 말했다고 생각해보자.

"체리! 먼지! 의자!"

둘의 관계가 좋다면 단박에 알아들을 것이다. 설사 이해가 안 되더라도 그 말의 의미를 알려고 노력할 것이다. 반대로 나를 힘들게 하는 사람이 저런 암호 같은 말을 한다면? 바로 관심을 거두고 귀도 닫아버릴 것이다. '나는 왜 다른 사람의 말이 들리지 않을까?'라고 고민하기 전에 그 사람과의 관계부터 살피는 것이 어떨까.

나에게
말해줘서 고마워

나는 일주일에 한 번 성바오로딸수녀회에서 진행하는 '행복한 책 읽기'라는 독서 모임에 나간다. 일주일에 한 번 같은 책을 읽고 이야기를 나누는 모임이다. 여느 독서 모임과 다른 점은 수녀님이 진행을 한다는 것이다. 처음에는 호기심으로 10주만 하겠다고 마음먹었는데, 어느덧 1년 넘게 모임에 나가고 있다. 일주일에 한 권씩 책을 읽어야 하는 부담감에도, 매주 토요일 아침 일찍 나가야 하는 피곤함에도 그 모임에 가는 날이 매번 기다려졌다. 그룹의 다른 사람들도 그런 것 같다. 직장과 가정 일에 바쁜 열댓 명의 사람들이 매주 토요일 아침마다 모이는 것은 그 모임에 사람을 끌어당기는 특별한 매력이 있다는 뜻일 것이다. 한두 가지가 아니겠지만 내게 한 가지를 꼽으라면 바로 '잘 들었습니다'이다.

이 모임의 리더인 수녀님은 책을 선정하고 매주 발문을 나눠준다. 하지만 그다음부터는 수녀님도 우리처럼 당신 차례에 발문에만 대답할 뿐, 사람들의 말에 일일이 개입하지 않는다. 그런 수녀님이 첫날 우리에게 한 주문은 딱 한 가지였다.

"다른 사람의 이야기를 잘 듣는 게 중요합니다. 다 듣고 바로 '잘 들었습니다'라고 말씀해주세요."

처음에는 다른 사람의 말이 끝나고 "잘 들었습니다"라고 하는 게 어색했고 서로 박자도 맞지 않았다. 하지만 시간이 지나자 다들 익숙해지고 각자의 목소리가 어우러져 호흡도 잘 맞았다. "잘 들었습니다"라고 말할 때 호흡이 잘 맞게 된 것은 물론, 대화의 내용도 깊어지고 서로의 이야기에 눈물을 짓기도 하면서 어느새 쿵짝이 잘 맞는 친구가 되어갔다. 그런데 우리가 그렇게 되기까지는 있는 듯 없는 듯 계시는 수녀님의 역할이 가장 컸다.

한 명 한 명의 이야기를 가만히 들어주는 그분의 표정, 이야기 중간에 미세하게 감지되는 마음의 일렁임, 어떤 판단이나 평가도 없이 오직 말하는 사람을 주인공으로 서게 해주는 담백한 눈빛, 호들갑스럽지 않지만 진심이 전해지는 태도, 이야기가 끝난 뒤 "잘 들었습니다"라고 말할 때 고요하게 울리는 수녀님의 목소리는 우리의 것과는 확실히 달랐다.

수녀님은 가끔 이야기한 당사자에게 몇 마디를 해주기도 했다. 삶의 지혜나 조언일 때도 있고, 질문이나 위로의 말일 때도 있었다. 그 말을 잘 들어보면 수녀님이 사람들의 말을 얼마나 잘 듣고 있는지, 그 사람의 본의나 속내를 얼마나 깊이 헤아리는지 자연히 알 수 있었다.

한번은 인간관계에 대해 이야기를 나누다가 내 차례가 되었다.

"음…… 저는요, 관계가 좀 불편한 사람이 있어요. 당시 그 사람이 힘든 상황이긴 했는데 저에게 너무 무례하게 행동했고 그 뒤로 보기가 싫더라고요. 그런데 제가 그걸 드러내면 안 되는 입장이라 그 사람을 만날 때 좀 힘들어요. 그것 때문에 관계에 관한 책을 읽고 동영상도 보고 가서 만난 적도 있어요. 물론 전 아무 일도 없었다는 듯이 친절하게 대해요. 그런데 그런 제가 너무 위선자처럼 느껴지는 거예요. 속으로는 꼴도 보기 싫은데 겉으로는 안 그런 척 대인배가 되는 게요."

그날은 그 상대가 누구인지 솔직히 말했고, 그와 있었던 몇 가지 일도 다 털어놓았다. 이야기를 마치자 수녀님이 내 이름을 조용히 부르며 이렇게 말했다.

"유진 씨, 그거 사랑이에요."

나는 그 한 마디에 그 자리에서 처음으로 평평 울어버렸다. 그 사람과의 문제가 오래 지속되었던 터라 그간 친구들에게 상담도 청하고 푸념도 늘어놓았었다. 하지만 한 번도 시원한 마음이 들지 않았다. 아무리 친구들이 그 사람을 욕하며 내 편을 들고, 자신들의 경험을 말하며 조언을 해주어도 그때뿐이었다. 그런데 수녀님의 한 마디가 그토록 시원하게 느껴질 수 없었다. 내 속에 있던 분노와 서운함이 가라앉고, 오랫동안 붙들고 있었던 그 사람의 말과 행동에서 비로소 해방되는 느낌이었다. 또 이중적이라고 여겼던 나의 말과 행동이 언젠가는 그 사람과 잘 지내보고 싶은 바람이었음도 알게 되었다.

수녀님의 한 마디로 모든 것이 '사랑'으로 변한 것은 아니었다. 그 사람과의 관계는 예나 지금이나 비슷하다. 다만 그 사람을 만날 때 유난히 예민해지고 긴장됐던 마음에 조금쯤 여유가 생겼다. 여유가 생기니 그 사람의 노력도 하나둘 보이기 시작했다.

언젠가 수녀님과 함께 밥을 먹으며 '잘 들었습니다'의 의미에 대해 들은 적이 있다.

"상대방이 말을 해주는 게 고마운 거예요."

이 말을 들으며 난 왜 나의 '잘 들었습니다'와 수녀님의 '잘 들었습니다'가 달랐는지 알게 되었다. 나는 상대의 말을 들으면서 내 말을 준비했다. 듣는 동시에 판단을 하고 머릿속으로 내 입장부터 계산하기 바빴다. 상대가 말을 마치기도 전에 말허리를 툭툭 끊는 것이 다반사였고, 그러지 않더라도 입을 열고 싶어 안달하는 마음을 눈빛에 드러냈다. 말을 해주는 상대에게 고마워하기보다, 들어주는 나를 선하다고 생각했다.

아마 '잘 들었습니다' 앞에 있음 직한 문장도 이렇게나 달랐을 것이다.

(당신은 그랬군요. 이제 말씀 다 하신 거죠?) 잘 들었습니다.

(당신의 이야기를 나에게 해주어 고맙습니다.) 잘 들었습니다.

다른 사람의 말을 잘 듣는 사람은 자기 생각과 마음을 뒤로하고 들을 줄 안다. 그리고 상대의 말에 숨어 있는 본심을 읽는다. 아, 본심까지 읽는 단계는 어렵겠고 일단 듣는 연습부터, 아니 내 말을 참는 것부터 해야 하나? 진짜 '잘 들었습니다'가 내게는 아직 멀기만 하다.

당신 잘못이 아니에요

...

·

〈굿 윌 헌팅〉은 천재적인 두뇌를 가졌으면서도 어린 시절 겪은 가정 폭력으로 불행하게 살아가는 '윌'이 심리학 교수 '숀'에게 상담을 받으면서 치유되는 과정을 그린 영화이다. 명석한 두뇌로 상담 이론과 순서까지 다 꿰차 웬만한 상담 전문가는 다 우습게 보던 윌은 자신에게 진심으로 다가오는 숀에게 마음을 열기 시작한다.

"내 눈을 똑바로 쳐다봐. 네 잘못이 아니야."

"알아요."

"네 잘못이 아니야."

"안다고요."

"아니, 몰라. 네 잘못이 아니야."

"알아요."

"네 잘못이 아니야."

"알았어요."

"네 잘못이 아니야. 네 잘못이 아니야."

"성질나게 하지 말아요."

"네 잘못이 아니야."

"성질나게 하지 말란 말예요. 선생님이라도." (윌이

손을 있는 힘껏 밀친다)

"네 잘못이 아니었어."

"네 잘못이 아니야." (다시 한번 작은 목소리로)

윌은 꽤 여러 번 자기 잘못이 아님을 확인받은 다음에
야 숀에게 푹 안겨서 운다. 아주 펑펑 울어버린다. 이 장면을 보며 울컥한다면 우리에게도 숀 같은 존재가 필요하기 때문이 아닐까?

얼마 전 친구가 해결되지 않는 상처를 꺼내놓았다. 자신은 가족에게 많은 것을 해주는데(내가 봐도 과할 정도였다), 가족들은 조금도 알아주지 않고, 자신이 힘들 때 위로의 말조차 건네지 않는다고 했다.

10년 넘게 알던 친구가 처음으로 눈물을 보이는 바람에 나는 당황하고 말았다. 겨우 냅킨만 건넬 뿐 숀처럼 "네 잘못이 아니야"라고 말하며 안아주지 못했다. 그런 나에게 친구가 말했다.

"그래도 너는 이렇게 들어주잖아. 친한 친구는 이런 감정을 잘 이해하지 못하는 성향이고, 한 친구는 아기 때문에 내 이야기를 들어줄 겨를이 없어."

친구의 말을 들으며 생각했다.

'나라도 네 말을 알아들었다니 다행이다.'

〈굿 윌 헌팅〉에서 가장 안심이 되는 대사가 있다.

"아니, 몰라. 네 잘못이 아니야."

과거의 상처가 본인의 잘못이 아니라는 것을 알고 있다고 말하는 윌에게 숀은 단호하게 "아직 넌 모른다"고 말한다. 가장 듣고 싶었던 말, 누군가 더 확실하게 말해주었으면 하는 말, 안다고 했지만 실은 잘 모르는 말을 숀이 해준 것이다.

우리는 힘든 일이 있을 때 친구, 애인, 부모, 동료에게 말을 한다. SNS에도 올린다. 하다못해 카톡 프로필의 사진이라도 바꾼다. 내 마음을 좀 알아달라고. 어디에 있고 무엇을 먹었는지 보통의 일상까지 실시간으로 알린다. 보통의 일상 속에 감춰진 내 감정을 읽어달라고. 이렇게 아무 말도 하지 않는 순간이 거의 없을 정도다. 이렇게 말을 많이 하는데도 허기가 지고 뭔가 해소되지 않는다면 그건 아무도 당신의 마음을 깊이 헤아려주지 못한다는 뜻이다. 대화에서 만족감을 얻지 못하면 말을 쏟아내기에만 바쁘다. 그러다 보면 진짜 내 마음은 저 깊은 곳으로 숨어버린다. 나도 못 찾는 곳으로, 멀리.

어린아이는 엄마에게 속마음을 들키기 쉽다. 아이가 두르고 있는 마음의 갑옷은 아직 얇은 데다 늘 엄마의 보살

핌을 받기 때문이다. 엄마는 아이가 거짓말을 하거나 속마음과 다른 말을 할 때 눈과 코와 입, 그리고 손발이 어떻게 달라지는지 금세 알아챈다.

어른이 되면 마음의 갑옷은 두꺼워지고 그 안에 속마음을 잘 숨길 수 있게 된다. 10대에서 20대, 또 30대로 갈수록 속마음을 감추는 기술만 는다. 그래야 연인에게 사랑받을 수 있다고, 부모에게 철든 자식이 된다고 믿는다. 그래야 친구들 사이에서 따돌림 당하지 않고, 회사에서 인정받으며 상사에게 사랑받을 수 있다고 생각해버린다. 들키고 싶은 속마음은 영원히 발각되지 않는다. 숀 같은 사람을 만나기 전까지.

윌은 숀에게 속마음을 완전히 들켰고 그것만으로 충분히 위안받았다. 우리에게도 숀 같은 좋은 청자가 필요하다. 나의 속마음을 들키고 싶은 사람. "잘했어, 윌 헌팅"이라고 말해주는 사람. 아무도 나의 본의를 헤아려주지 않는다면 불행히도, 의미 없는 말 사냥만 계속하게 될 것이다. 당신은 찾을 수 있다. 누구에게나 한 명의 숀은 있으니.

듣기를 최대한
늦춰야 할 때도 있으니까

어느 날 일을 마치고 집에 가는 길에 친구와 통화를 했다. 친구는 동료의 차갑고 배려 없는 말투에 무척 속이 상한 상태였다. 거의 두 시간 넘게 통화하며 알게 된 것은 그녀가 동료의 말과 행동을 '낱낱이' 다 기억하고 분석하여 상처를 받고 있다는 점이었다. 그런데 그 분석이 성립되기 위해서는 상대방의 생각과 감정이 그의 '말'에 온전히 다 표현된다는 전제가 있어야 한다. 그래야 그 사람의 말을 듣고 그녀가 짐작한 그의 마음이 어느 정도 맞을 테니까. 그런데 말이 우리의 생각과 감정을 얼마나 담아낼 수 있을까?

시인 릴케는 작가를 꿈꾸는 열아홉 살 프란츠 카푸스와 약 5년 동안 편지를 주고받았다. 이 편지들은 릴케가 죽은 뒤 카푸스에 의해 책으로 묶여 《젊은 시인에게 보내는 편지》(고려대학교출판부, 2006)라는 제목으로 출간되었다. 릴케는 시인을 꿈꾸는 청년의 편지를 외면하지 않고 성의껏 답장을 써서 보냈다. 카푸스가 쓴 시에 대한 감상, 자신의 사상과 가치관을 친절하고도 진지하게 말했다. 그런 릴케에 대한 존경으로 나는 이따금 그 책을 혼자 낭송할 정도로 좋아한다. 그중 첫 번째 편지에 '말'에 대한 릴케의 생각이 나온다.

사람들이 보통 생각하는 것처럼 우리가 모든 것들을 이해할 수 있고 또 말로 표현할 수 있는 것은 아닙니다. 대부분의 사건들은 말로 표현할 수 없

습니다. 왜냐하면 그것들은 우리의 말이 한 번도

발을 들여놓지 못한 영역에서 일어나니까요.

말은 생각보다 작아서 우리의 생각과 감정을 다 담지

못한다. 말을 할 때 진심이나 감정을 싣더라도 그것은 완

벽하지 않다. 실리다가 말고, 너무 많이 때로는 너무 적게

실려서 내 입을 떠난다. 아차, 하지만 이미 떠난 뒤라 다

시 주워 담을 수도 없다. 말에 '보편'과 '보통'을 담는 것은

하늘의 별 따기이다. 설사 내 입에서 '보통'으로 출발해도

다른 사람의 귀에는 '특이'나 '특별'로 닿기 때문이다. 이

렇게 진심(진심도 믿을 만한 것은 못 되지만)이 얼마나 담겨 있

을지 모르는 상대의 비난이나 칭찬을 곧바로 내 마음에

들이는 것은 무척 위험한 일이다. 더구나 귀가 불편해지

고 마음이 동요되는 말을 들었다면 그것을 최대한 늦춰서

들을 필요가 있다. 한마디로 듣기를 보류해보는 것이다.

나는 다도에 대해 잘 모르지만 차를 사랑하는 지인에

게 가끔 얻어 마실 때가 있다. 오랜만에 만나 왁자지껄하

다가도 차를 달이는 순간에 모두가 약속이라도 한 듯 침묵하는 모습을 보면 차가 주는 고요와 정지가 새삼 신기하다. 차는 종류에 따라 좋은 맛을 내기 위한 온도가 조금씩 다르다고 한다. 이때 뜨거운 물을 적당한 온도로 식히는 데 쓰이는 '물 식힘 그릇'이 있다. 찻잎이 든 주전자에 물을 붓기 전에 이 그릇에 따라 식히기도 하고, 다 우러난 차를 잔에 따르기 전에 사용하기도 한다.

누군가와 관계가 좋지 않거나 상대의 말에 상처를 입을 때 내 안에 '물 식힘 그릇'이 있으면 어떨까. 듣기 좋은 말이든 상처가 되는 말이든 그것을 바로 받지 않고 나의 '물 식힘 그릇'에 한 번 옮겼다가 담는 것이다. 상대로부터 온 말은 의도한 것보다 더 세지거나 내 안에서 변형되어 그의 본의에서 멀어져 결국 내 마음을 다치게 한다. 그러니 최대한 늦춰서 들어보자는 것이다.

무엇보다 인간의 말은 완전하지 않다. 이 불완전함을 알고 받아들이면 듣기를 보류하기가 쉬워진다. 불완전한 것들에게 상처를 받는 것만큼 스스로가 초라해지는 순간은 없다. 상대방의 말이 불완전한 것처럼 우리의 말도 그

렇다. '나는 언제나 진심을 다해 말하는데 다른 사람은 안 그래'라고 생각하는 것은 오만이다. 이것은 말의 속성을 위반하는 생각이다. 생각과 마음의 크기가 1000이라면 말의 크기는 3 정도나 될까. 그러니 그것을 말 속에 억지로 담고 싶어 하는 인간의 노력은 신이 보기에 얼마나 애처로울까.

나만의 '물 식힘 그릇'에 한 번 넣었다가 듣기 위해서는 '사람들이 보통 생각하는 것처럼 우리가 모든 것들을 말로 표현할 수 있는 것은 아닙니다'라는 릴케의 조언을 새겨들어야 한다. 그렇게 하다 보면 상대의 말을 섣불리 짐작하고 분석하는 것이 얼마나 덧없는 일인지 알게 된다.

'물 식힘 그릇'은 한자로 숙우(熟盂)라고 한다. 숙은 '익다'를 우는 '밥그릇'을 뜻하는데, 특히 '숙'에는 이루다, 상세히 생각하다, 자라게 하다, 삶아서 익히다, 물러지다, 라는 뜻도 있다. 오늘 내가 들은 막말, 빈정거림, 빈말, 비수 같은 말, 허풍, 칭찬과 조언도 이 숙우에 담겨 조금 물러져서 나오면 좋겠다.

먼저 나 자신에게
귀를 기울일 것

어떤 책을 기획하다가 자료 조사 차 2, 30대들에게 인기 있는 애플리케이션을 다운받은 적이 있다. 사람들의 관심사, 고민, 연애, 심리, 아르바이트, 회사, 진로에 대한 이야기가 적나라하게 드러나 있었는데, 익명성이 보장되어서인지 솔직한 생각과 감정에 흥미가 갔다. 그때 인상적인 단어 하나가 눈에 띄었다. 예쁜 말?

'예쁜 말 듣고 싶어요.'

'예쁜 말을 해드립니다.'

'예쁜 말 좀 던져주고 가요.'

'말 예쁘게 해주는 사람이 좋아요.'

'예쁜 말 듣고 싶다. 메시지로만 연락하면서.'

　'예쁜 말'이 위로, 칭찬, 인정 같은 긍정적인 말이라는 것은 누구나 짐작하는 바이다. 그런데 한 줄짜리 부탁에 좀 의아했다. '아니, 아무 설명도 없이 무작정 예쁜 말을 해달라니, 이게 무슨 뜻이지?' 하고 머릿속이 물음표로 가득 찼다. 온라인상에서 피상적으로나마 위로나 응원을 댓글로 달 때에도 사연을 읽는 수고까지는 반납하지 않는 법인데, 그 한 줄로 대체 무슨 말을 해달라는 건지 알 수가 없었다. 적어도 무슨 사연인지는 알아야 하지 않겠는가. 그런데 이런 나의 고리타분한 생각을 깬 것은 바로 이런 말들이었다.

　'말 예쁘게 하고 싶다.'

'나도 말 예쁘게 하고 싶은데 좀 어렵네.'

그랬다. 예쁜 말을 듣고 싶은 마음은 자신도 그렇게 말하고 싶다는 뜻이었다. '예쁜 인생'을 바라는 바람이 '예쁜 말'을 듣고 싶다는 말로 표현된 것이라고 하면 지나친 것일까? 어느 누구도 악다구니하고 비난하고 욕하는 말들 속에서 살고 싶어 하지 않는다. 누구도 그런 인생을 꿈꾸지 않는다. 주변 사람들에게 좋은 말을 듣고 나도 좋은 말을 하면서, 그렇게 내 삶이 아름답고 품위 있기를 바란다. 그런데 우리는 그 마음의 목소리에 얼마나 귀를 기울이며 살고 있을까?

얼마 전 그림책을 읽는 초등학교 학부모들을 대상으로 강의를 한 적이 있다. '나는 무엇을 쓸 수 있을까?'라는 내용으로 각자의 주제를 찾도록 도와주는 강의였다. 시간상 실습을 길게 할 수 없어서 약 20분 동안 '내 아이에게 들려주고 싶은 말'을 생각나는 만큼 쓰라고 했다. 그것을 각자의 첫 문장으로 삼아볼 생각이었다. 곧 한 사람씩 돌아가며 발표를 했다.

"네가 좋아하는 것을 하렴."

"엄마, 아빠는 너를 정말 사랑해."

"좋은 친구를 많이 만나."

"책을 열심히 읽었으면 좋겠어."

"힘이 드는 순간도 있을 거야."

부모가 사랑하는 자녀에게 해주는 말이니 얼마나 좋은 말들이 많은지, 듣기만 해도 가슴이 따뜻해졌다. 30대 중반의 한 학부모는 발표를 하다가 눈물을 흘리기도 했다. 그런데 한 분 한 분의 말을 들을수록 그것은 아이들에게 들려주고 싶은 말이기 전에 '자기 자신에게 하는 말'이었다. 거기에는 원했던 대로 살지 못한 후회와 가슴에 품어온 소망이 담겨 있었다. 그들이 꿈꾸었던 삶이 그 속에 들어 있었다.

이처럼 자신이 듣고 싶은 말, 하고 싶은 말, 가까운 누군가에게 해주는 말들은 결국 자기 내면의 목소리이다. 자신이 원하는 삶의 모습이 '말'로써 드러나는 것이다. 내 마음을 잘 듣는 것이 경청의 시작이다.

자기 자신의 말에 귀를 기울여야 다른 사람의 말도 잘 들을 수 있다. 내 마음을 읽을 줄 모르면 다른 사람의 마음도 알 수 없다. 내 마음을 위할 줄 모르면 다른 사람의 마음도 허투루 보게 된다. 내 말이 귀하듯 남의 말도 귀하다. 나의 인생이 예뻐야 다른 사람의 인생도 어여삐 보일 것이다.

오늘따라 나도 '예쁜 말'이 듣고 싶다. 그런 날이다.

나는 나로 살아야지,
내 말들을 데리고 씩씩하게

우리는 하루에 7000개에서 많게는 약 2만 개의 단어를 쓴다. 평균을 1만 4000개로 잡아서 계산하면 200자 원고지 70매 정도이며, 이렇게 열흘이면 책 한 권의 분량만큼 말을 하는 셈이다. 한 달이면 세 권이고, 1년이면 서른여섯 권이다. 이렇게 하루, 한 달, 1년간 사람들이 하는 말이 다 모인다고 생각하면 각자가 접하는 말의 양이 얼마나 대단한지 짐작이 될 것이다. 우리는 이렇게나 많은 양의 말 속에서 하루하루를 살아가고 있다. 그중에는 좋은 말들도 많고, 상처와 폭력이 되는 말도 있다. 명백한 사실은 이것들 중에 어느 하나로만 살 수 없다는 점이다. 아름다운 말 덕분에 살아갈 힘을 얻고 위로받기도 하지만, 다양한 사람들과 모여서 살아가는 한 상처가 되는 말을 완전히 피하기란 불가능하다.

그렇다면 바깥에서 들어오는 말들은 일단 제쳐두고 '내 말들'을 데리고 살아갈 용기부터 챙겨야 하지 않을까. '내 말'을 데리고 씩씩하게 살아갈 용기는 어디에서 나올까? 나를 믿고 내 말과 행동을 귀히 여기는 마음에서 온다.

나는 오랜 시간 나 자신은 물론이고 내가 하는 말을 좋아하지 않았다. 그보다는 다른 사람들이 하는 말을 부지런히 열정적으로 쫓아다녔다. 강연을 듣거나 이름 있는 사람들을 찾아가 만났다. 그것이 나를 성장시키는 일이라고 생각했다. 그런데 어느 날 누군가의 한 마디로 뭔가 잘못되었다는 생각을 했다.

"유진 씨는 자신이 부족하다는 말을 자주 하네요."

내가 언제부터 나 자신을 '부족한 사람'으로 인식했는

지는 모르겠다. 문제는 부족함을 인정하고 받아들이는 데서 출발한 것이 아니라 그것을 채우려고만 했다는 데에 있다. 내가 부족하다고 생각하는 부분은 채우기도 어려울 뿐더러, 설사 채운다고 해도 만족스러운 결과를 얻을 수 없는 것들이다. 한마디로 만족이란 존재하지 않는다. 그렇게 밑 빠진 독을 채우기에만 급급하다 보니 나의 좋은 점들이 점점 구석으로 몰려 하찮게 취급된 것이다.

나 스스로를 문제 많고 부족한 존재로 생각하다 보면, 남의 말에 더 예민해지고 상처를 잘 받게 된다. 다른 사람의 훌륭한 조언을 듣거나 책을 읽어도 그때뿐이다. 좋은 것을 아무리 많이 먹어도 영양소가 되지 못하고 몸 밖으로 빠져나갈 정도라면 아무리 좋은 처방전도 근본적인 해결책이 되지 못한다. 내가 바뀌어야 한다.

자기 자신을 이러저러한 이유로 부족하다고 인식한다는 것은 자기 안에 기준이 있다는 뜻이다. 내가 만들어놓은 기준에 못 미치니 부족해 보이는 것이다. 한마디로 이상 속의 내가 현실의 나보다 크다는 뜻이다. 자기 자신에 대한 기대가 클수록 그것에 미치지 못하는 스스로가 못마땅해지고 다른 사람에 의해 그것이 자극될 때 상처를 받는다.

내 말들을 데리고 살아갈 용기는 자기 자신을 바라보는 기준을 없애는 것에서 시작된다. 그 기준을 없애면 '이 세상에서 유일하며 고유한 나 자신'이 보이기 시작한다. 거기서부터 공부를 시작하면 된다. 그때부터는 얼마든지 책을 읽고 다른 사람의 말을 들어도 된다. 그런데 자신이 제대로 서 있지 않은 상태에서 다른 사람들의 말과 글에만 지나치게 의존하다 보면 내 안에 높은 기준이나 틀이 만들어져 열등감이 생긴다. 내 것이 아닌, 그저 좋아 보이는 것들로부터 벗어나야 행복해질 수 있다.

내가 할 수 있는 말, 내 안에서 나오는 말, 내가 나로 드러나는 말은 기준이 없다. 내가 나를 인정하는 데 무슨 기준이 필요할까? 세상 어느 누구도 그 기준에 대해 말할 수 없다. 나는 나로 살아야 한다. 내 말들을 데리고, 씩씩하게.

> "우리는 남과 같아지려고 자신의 4분의 3을 잃어버린다."
>
> — 쇼펜하우어

그렇게 말해줘서 고마워

1판 1쇄 발행 2020년 10월 15일
1판 14쇄 발행 2025년 1월 29일

지은이 김유진
일러스트 하효정

펴낸이 김봉기
출판총괄 임형준
편집 김현경
디자인 김희림
마케팅 선민영, 조혜연, 임정재

펴낸곳 FIKA[피카]
주소 서울특별시 서초구 서초4동 서초대로77길 55 , 9층
전화 02-3476-6656
팩스 02-6203-0551
이메일 fika@fikabook.io
등록 2018년 7월 6일 (제 2018-000216호)

ISBN 979-11-90299-14-5 03810